LA PETITE FILLE AU BOUT DU CHEMIN

Né à Seattle (U.S.A.), Laird Kœnig a commencé par écrire pour le théâtre, le cinéma et la télévision. Puis, en collaboration avec P. Dixon, il a publié son premier « Thriller », Attention, les enfants regardent, *Grand Prix de Littérature policière 1972.*
Il partage son temps entre la Californie et Londres.

Une maison isolée, près de la plage de Long Island, aux Etats-Unis. Une petite Anglaise y vit seule avec son père. Elle s'appelle Rynn. Elle a treize ans. Liszt, des volumes de vers, des arbres dénudés, le vent, une souris blanche, un feu de bois... c'est tout son univers.

Pourquoi Rynn ne va-t-elle pas à l'école ? Pourquoi ne voit-on plus son père ? Pourquoi regarde-t-elle toujours par la fenêtre ? Rynn n'aime pas qu'on lui pose des questions. Pour se défendre contre l'indiscrétion, l'hostilité, l'incompréhension des adultes, elle doit lutter avec ses propres armes...

Après *Attention, les enfants regardent*, salué par une presse unanime comme un coup d'éclat, Laird Kœnig nous donne ici un roman peut-être encore plus étonnant.

Par son atmosphère envoûtante, *La Petite Fille au bout du chemin* peut apparaître comme « Le Grand Meaulnes » du « Thriller ».

LAIRD KOENIG

La petite fille
au bout du chemin

TRADUIT DE L'AMÉRICAIN
PAR FRANCE-MARIE WATKINS

HACHETTE

I

C'ÉTAIT une de ces soirées comme les aimait la petite fille.

En cette dernière nuit d'octobre, elle était à sa fenêtre et contemplait le monde frissonnant à l'orée de l'hiver. Un vent piquant agitait les tiges des fleurs mortes dans le jardin et dépouillait les branches des arbres de leurs dernières feuilles jaunies pour les envoyer voler dans le noir comme des bouts de papier racornis. Soudain, la petite fille tira les rideaux et cacha la nuit.

Pieds nus, elle courut vers la cheminée de pierre et, avec un tisonnier de fer, secoua les braises jusqu'à ce que les flammes jaillissent. Elle tendit les mains vers la chaleur et la sentit se diffuser dans le salon et la cuisine de ce qui avait été, cent ans plus tôt encore, une simple ferme. Le propriétaire de la maison avait installé

5

une chaudière à gaz, mais l'enfant adorait la chaleur et l'odeur du feu de bois.

Quelques pas encore, elle contourna une table basse et un fauteuil à bascule, et s'approcha des cadrans luisants d'une chaîne stéréo. Elle tourna le bouton du son et la musique s'enfla, déversée par les haut-parleurs nichés dans l'ombre des poutres. Le *Concerto pour piano nº 1* de Liszt joué par un des plus grands orchestres symphoniques du monde s'enfla et frémit dans tous les recoins, au point que la petite maison elle-même devint l'orchestre. Les sons magiques enveloppèrent la petite fille, son cœur se mit à battre en cadence. Elle porta le volume au maximum.

Aucun voisin n'allait téléphoner ni tambouriner à la porte pour se plaindre du bruit. Le plus proche vivait à plus de cinq cents mètres, au bout du petit chemin envahi de feuilles mortes.

L'enfant resta un moment immobile au milieu de la pièce. Elle attendit, dans la pénombre où dansaient les reflets rougeoyants de la flambée.

Elle attendait. Bientôt l'instant qu'elle espérait depuis bien des jours allait venir.

Depuis le petit matin, à part une courte promenade jusqu'au village sous la pluie d'automne, elle nettoyait la maison. A genoux, elle avait ciré le plancher de chêne. Elle avait épousseté et ciré aussi le bois brut du mobilier très simple qui, par deux fois au cours du mois de septembre, avait attiré un antiquaire, un homme vêtu de cuir noir qui sentait les clous de girofles

6

et proposait de tout acheter en bloc. Quand son père avait expliqué qu'aucun de ces meubles ne lui appartenait, le marchand avait hoché la tête tristement. Tout cela, dit-il en caressant amoureusement du regard la table et les fauteuils, les chandeliers, le canapé, le tapis artisanal, formait un des plus remarquables exemples d'art primitif américain qu'il avait jamais vu. Le plancher et les meubles, déjà polis par les ans, brillaient maintenant dans la lueur du feu. Même le tapis tressé, sous la table aux pieds délicats, dont on disait qu'il avait cent cinquante ans, avait presque retrouvé ses couleurs depuis que la petite fille l'avait traîné dans le jardin et battu pour en ôter toute la poussière. Dans la cuisine, séparée de la grande pièce par un comptoir de bois, le métal d'une cuisinière ultra-moderne et d'un réfrigérateur luisait doucement.

Au comptoir de la cuisine, l'enfant ouvrit un carton de pâtissier et, à deux mains, souleva avec précaution un petit gâteau décoré de sucre glace jaune pâle qu'elle déposa sur une assiette. Un peu de sucre neigeux lui poissa les doigts mais elle ne les lécha pas. Elle les essuya sur un torchon de papier.

Sur la surface brillante et satinée du gâteau, elle piqua lentement treize petites bougies jaunes, en cercle. Elle rangea les autres dans un tiroir. Puis elle craqua une allumette de bois, la première des trois dont elle allait avoir besoin, en déplaçant la flamme aussi vite que possible pour allumer et animer les treize bougies. Quand elle secoua l'allumette pour l'éteindre, sa main parut toute rouge dans la lumière dansante des petites flammes. Elle l'examina longuement, tout comme elle avait tout examiné de plus près en cette journée spéciale. Lentement, elle retourna sa main. Les doigts, rouge sang aux extrémités, paraissaient presque transparents, à part la rangée d'ongles courts bien taillés.

Elle porta le gâteau étincelant non pas dans le salon mais dans un coin sombre du vestibule, à côté de la porte d'entrée où, sous un portemanteau, un long miroir scintillait. Avant qu'elle atteigne la glace, la lueur des bougies avait déjà repoussé les ombres.

Elle resta figée, devant le double cercle de flammes. Dans la lumière vacillante, ses mains et sa figure semblaient très pâles, cireuses. Ses longs cheveux lisses, couleur de feuille morte, avaient des reflets de cuivre. Elle se contempla. C'était vrai, pensa-t-elle, sa figure était bien, comme l'avait écrit son père dans un de ses poèmes, en forme de cœur. Le front était large, sans aucun doute, le menton pointu. Blanche, en forme de cœur, piquetée de taches de rousseur qui paraissaient plus sombres à la lueur des bougies, comme des points de crayon de couleur sur une feuille de papier. Ses yeux étincelaient d'une lumière vive. Petits, pensa-t-elle. Verts, mais trop petits. Elle s'en était plainte un jour à son père, disant que les autres filles de son âge avaient des yeux immenses. Il interrompit un instant son travail — il traduisait alors un poème de langue russe — pour lui affirmer qu'elle n'avait pas du tout de petits yeux. Il lui expliqua, trop longuement, qu'elle avait un visage parfaitement proportionné et charpenté, qui avait déjà atteint sa taille normale. Ses yeux étaient à présent *exactement* comme ils devaient l'être pour créer une harmonie.

Sur le moment, elle n'avait pas compris que c'était l'amour de son père qui la jugeait. Elle n'avait pas été convaincue. Même alors. Ses yeux étaient trop petits. Elle rêvait, à la place de ces petits yeux verts même étincelants et pleins de vie et de lumière comme à présent, de grands yeux, immenses, de ceux dont on disait qu'ils mangeaient un visage.

« Bon anniversaire », dit-elle à son reflet.

Elle se garda de sourire, car elle aurait risqué de montrer sa dent de devant écornée, et elle n'aurait pu le supporter.

« Bon anniversaire, moi », dit-elle.

Le souci des yeux — ils étaient quand même *verts* et elle adorait ça — n'était rien à côté de la honte qu'elle éprouvait quand elle voyait sa dent cassée. Résolument, sévèrement, elle s'interdit de penser à la dent, de la laisser gâcher cette journée spéciale. Lentement, comme si elle accomplissait un rite, elle emporta le bouquet de petites bougies. La musique vibrait autour d'elle, et le vent de la nuit hurlant autour de la maison l'emplit bientôt d'une joie si profonde qu'elle ferma les yeux pour essayer de se pénétrer de son bonheur, pour empêcher l'instant de passer.

Devant la table basse où elle s'agenouilla pour placer le gâteau devant le feu, elle s'imaginait presque dans un rôle, jouant une pièce de théâtre ou figurant dans un de ces vieux films bibliques qu'elle voyait à la télévision de la B.B.C. Elle contemplait — presque comme si elle était en dehors d'elle-même — une svelte petite fille dans un long cafetan de lin blanc que son père lui avait acheté au Maroc. Ce vêtement, le plus beau qu'elle possédât, était brodé de bleu au col et au bas des manches, une couleur qui la protégerait, avait assuré le marchand au père et à la fille, du mauvais œil. Ses pieds étaient nus, sur le plancher de chêne patiné. Oui, elle était satisfaite, heureuse. Elle évoquait parfaitement une de ces vierges solennelles de la mythologie, une prêtresse déposant une offrande sur un autel.

Elle s'assit sur ses talons et regarda fixement les petites flammes des bougies. Elle tendit le bras derrière elle et, du bout des doigts, mit en mouvement le fauteuil à bascule. Les yeux fermés, elle se sentait pénétrée par la chaleur de l'âtre, des bougies, par la musique, par le vent de la nuit.

Soudain, un bruit léger lui fit retenir sa respiration. Elle se leva d'un bond et alla baisser le son de la stéréo.

On tambourinait à la porte.

Elle courut entrouvrir les rideaux. Dans la nuit venteuse, elle vit un homme très grand sur le seuil, vêtu d'un imperméable. Eclairé par une lueur orangée bizarre, il semblait rougeoyer et vaciller comme les bougies du gâteau.

Elle savait que d'autres coups allaient résonner, des chocs sourds qu'elle redoutait, et soudain elle n'eut qu'un désir, atteindre la porte à temps pour les prévenir. Mais avant qu'elle arrive dans le vestibule, ils se produisirent, trois coups plus violents encore qu'elle ne le craignait.

« Oui ? fit-elle derrière la porte.

— M. Jacobs ? »

La petite fille ne reconnut pas la voix criant dans la nuit.

« Qui est là ? »

Elle avait l'accent anglais.

« Frank Hallet.

— Hallet ? »

Ce nom ne lui dit rien. Hallet ? Puis elle se rappela la femme de l'agence immobilière qui avait loué cette maison à son père. Hallet. Ce devait être son fils. Que pouvait-il vouloir ? Elle resta pétrifiée. Elle savait que l'homme ne s'en irait pas, tant qu'elle n'aurait pas ouvert cette porte.

« Une seconde ! » cria-t-elle.

Elle courut jusqu'à la table basse et ouvrit un coffret à cigarettes. Prenant une gauloise, retenant d'une main ses longs cheveux, elle se pencha sur les flammes du gâteau d'anniversaire. Le bout de la cigarette scintilla quand elle aspira la fumée. Elle se redressa, se retourna, la souffla derrière elle, puis dans tous les coins de la pièce, avant de jeter le mégot dans la cheminée pour courir de nouveau dans le vestibule.

Elle tourna la clef et ouvrit la porte à la nuit et au vent qui éparpilla des feuilles mortes sur le plancher de chêne.

L'homme brillait dans l'ombre parce qu'il portait un de ces potirons qu'elle avait vus, orange et or, dans les champs ou en vente, sur des tables à tréteaux, aux croisées des chemins. Ce grand globe orangé avait été vidé, creusé, et à l'intérieur une bougie allumée brillait par deux yeux, un nez triangulaire, une énorme bouche ricanante découpés dans l'épaisseur de la pulpe.

« Farce ou festin ? »

La voix de l'homme tonna, il hurlait presque pour se faire entendre dans les hurlements du vent. « Pardon ? » demanda la petite fille.

Ce n'était pas qu'elle n'eût pas entendu. Elle regardait fixement l'intrus. De l'air glacé s'insinua dans la maison. Que voulait-il donc ?

« Farce ou festin ? » répéta-t-il en tendant vers elle la face grotesque du potiron, comme si les yeux incandescents, le sourire flamboyant pouvaient expliquer sa question.

« Excusez-moi », murmura-t-elle.

Elle chercha en vain un moyen de lui indiquer qu'elle ne comprenait pas pourquoi il était là, ni ce qu'il voulait. Elle ne fit aucun effort pour maîtriser ses tremblements. L'instant précieux pour lequel elle avait travaillé toute la journée s'évaporait dans la nuit froide, comme la chaleur de la maison. Plus que toute autre chose au monde, elle rêvait de pouvoir trouver un moyen de forcer cet homme à s'en aller.

« Halloween ! glapit-il, en criant comme s'il essayait de communiquer avec une étrangère ne parlant pas sa langue.

— Oui ? » fit la petite fille.

Elle se demanda si elle oserait poser une main sur le chambranle, un geste qui empêcherait l'homme de faire un pas à l'intérieur.

Il fut plus rapide qu'elle. Un seul pas, mais déjà il était dans le vestibule, il jetait un coup d'œil dans le salon.

« C'est un anniversaire ? » demanda-t-il en regardant le gâteau couronné de bougies.

Sous les longues manches de son cafetan, les mains de la petite fille se crispèrent.

« Le vôtre ? » insista l'homme.

Elle hocha lentement la tête. Sous ses manches, elle ouvrit les mains, pour frotter ses bras engourdis de froid.

« Bon anniversaire.

— Merci », souffla-t-elle, le plus froidement qu'elle le put, car elle sentait à présent que sa seule arme contre cet homme était de ne lui donner aucun encouragement, à part le minimum de politesse requise.

Elle songea aux vieilles dames de Londres qui, dans les magasins comme Harrod's ou les salons de thé comme Michoux, savaient rabaisser et pétrifier vendeurs ou serveuses avec leur morgue merveilleusement étudiée. Si elle réussissait à provoquer cette sorte de froideur, alors l'homme serait bien forcé de s'en aller.

« Puis-je dire à mon père ce que vous désirez ?

— Aujourd'hui, ce n'est pas seulement votre anniversaire, c'est aussi Halloween », cria-t-il.

Comme si elle était sourde ! Encore une fois, la petite fille songea à Londres et à un ami de son père, un vieux poète aux cheveux crasseux, qui bien qu'il vécût dans une pièce minuscule — à peine assez grande pour contenir son désordre de tasses ébréchées pleines de thé froid et de mégots flottants, de livres jaunis, de manuscrits écornés et de chats — rugissait toujours d'une voix aussi tonitruante et morne que celle de cet homme. Après leur première visite, son père lui avait expliqué que son vieil ami était sourd.

« Halloween. Farce ou festin. »

L'homme répéta ces mots lentement, comme s'il craignait que le vent les emportât.

La petite fille resta muette, impassible, et il tint à insister :

« Je m'appelle Hallet. Frank Hallet. Votre père me connaît. »

L'homme pivota, pour regarder dans la nuit où le vent éparpillait les feuilles mortes.

« Mes deux gosses seront ici d'une minute à

14

l'autre. Pour la farce ou le festin. En ce moment, ils sont au bout du chemin, chez votre voisin, où ils attendent que les pommes caramélisées durcissent. Je suis venu en quelque sorte en éclaireur. Pour m'assurer que dans les maisons qu'ils vont visiter il n'y a pas de *vrais* fantômes. »

L'homme pouffa.

Jamais la petite fille n'avait entendu de rire aussi stupide émanant d'un adulte. Sa figure, reflétant la lueur orangée, se tourna vers elle. C'était une plaisanterie. On pouvait la prendre de deux manières. Est-ce qu'elle comprenait sa véritable signification ?

« Comme les vilains petits vieux bien sales qui offrent des bonbons aux jolies petites filles, vu ? »

Il pouffa derechef.

L'enfant commençait à penser que son masque impassible était une erreur. L'homme semblait décidé à se faire comprendre.

« Vous n'imaginez pas, dit-il. Des gens tout à fait bizarres. Même ici dans le village. »

Le vent souleva de longues mèches de cheveux châtains clairsemés, révélant un crâne aussi luisant que le mobilier bien ciré. Pas le moins du monde décontenancé par l'impassibilité de la petite fille, Hallet voulut expliquer la signification de cette soirée si froide et si venteuse.

« A Halloween, c'est la Toussaint, nous jouons au jeu de la farce et du festin. Une tradition.

Vous ne comprenez toujours pas ? Vous êtes Anglaise, n'est-ce pas ?

— Oui.

— Vous ne fêtez pas Halloween comme ça, en Angleterre ?

— Non.

— Hé ! s'exclama-t-il. Vous laissez filer toute la chaleur ! »

L'homme franchit le seuil, fit un second pas qui força l'enfant à reculer.

« Dites à votre père que vous avez de la visite. »

II

« *DITES à votre père* », avait ordonné l'homme en forçant sa porte, avec son potiron flamboyant. « *Dites à votre père* », comme s'il n'avait pas besoin de demander son autorisation pour entrer, comme si ce n'était pas la maison de la petite fille mais uniquement celle de son père.

Elle resta plantée à côté de la porte, emplie de beaucoup plus de haine que les adultes ne peuvent se rappeler en avoir éprouvé étant enfants, serra les dents et resta muette quand les souliers mouillés de l'homme laissèrent des marques boueuses sur les lattes de chêne luisantes de son plancher si bien ciré. A la fenêtre, il écarta les rideaux et regarda dehors, en mettant sa main en auvent contre le carreau.

« Vos voisins habitent trop loin pour que les gosses m'entendent les appeler, dit-il, son haleine embrumant la vitre qu'elle avait lavée dans l'après-midi. Mais d'ici, je peux les guetter. L'un d'eux est déguisé en monstre de Frankenstein, l'autre en squelette vert. Brrr ! »

Il frémit, feignant la terreur, et pouffa.

Elle haïssait ce rire idiot, elle haïssait l'odeur d'eau de Cologne, douceâtre et lourde, qu'il laissait dans son sillage. Etouffant de rage, elle ne trouva rien de mieux à faire que de claquer violemment la porte.

Sans quitter le vestibule, elle considéra cet homme.

Il était plus grand que son père. Sa figure rougeaude et bouffie avait été laminée par le vent glacé. Ce vent aigre expliquait peut-être le larmoiement des yeux bleus, mais elle trouvait plutôt qu'ils ressemblaient aux yeux d'un ami de son père, un autre poète dont on disait qu'il buvait. Sentant sur lui le regard lourd de la petite fille, l'homme posa le potiron sur une petite table et de la main gauche, à l'annulaire de laquelle brillait une alliance d'or anormalement large, il lissa ses cheveux tandis que de l'autre il tirait de la poche de son imperméable un bâton de pommade qu'il passa sur ses lèvres trop rouges. Comme la bave d'un escargot, pensa la petite fille.

Le baume retourna dans la poche dont les bords étaient noirs et graisseux. Le bas des manches et du vêtement étaient tout aussi sales. Le pantalon de flanelle tombait en accordéon sur des souliers de daim marron trempés. La main rose continua de lisser des mèches ternes sur un crâne luisant. Tout, chez cet homme, paraissait sale, graisseux ou rouge.

« Si vous comptez vivre aux Etats-Unis, reprit-il de sa voix trop forte, il faut connaître Halloween. C'est le soir où tous les enfants se déguisent, et vont frapper aux portes, avec des masques et des potirons. »

La petite fille, qui n'avait pas quitté le vestibule, se cramponna d'une main au bouton de porte. « Quand ils se présentent, dit l'homme, ils crient « farce ou festin » et vous devez faire semblant d'avoir peur. Si vous ne leur donnez pas le festin, ils vous jouent un mauvais tour épouvantable. (Il agita son doigt rouge boudiné et pouffa.) Quelque chose de terrifiant ! »

Il colla de nouveau sa grosse figure contre le carreau pour regarder dehors. Son haleine fit un autre petit rond de buée sur la vitre sombre.

« Terrifiant, c'est beaucoup dire. Avec les miens, ça ne dépasse guère l'imagination de gosses de quatre et six ans. »

La petite fille ne parvenait pas à imaginer que ce grand homme rose à la lourde alliance fût le père de deux enfants. A côté de son propre père, il avait plutôt l'air d'un enfant lui-même. Un enfant qui puait l'eau de Cologne.

« Vous comprenez, maintenant ? Farce ou festin ?

— Qu'entend-on par festin ?

— Du pop-corn. Des bonbons. N'importe quoi.

— Aimeraient-ils un morceau de gâteau ? »

L'homme et la petite fille regardèrent tous deux le gâteau devant le feu, couronné de bougies. Quelques-unes s'étaient déjà consumées et éteintes. Les autres minuscules flammes vacillaient.

« Mais c'est un gâteau d'anniversaire ! »

Elle quitta enfin la porte d'entrée et passa dans la cuisine. Un tiroir grinça, une porte de placard claqua. Armée d'un couteau et d'un rouleau de papier paraffiné, elle s'agenouilla devant le gâteau.

« Il ne faut pas, protesta Hallet.

— Il ne faut pas quoi ? demanda la fille qui avait déjà tracé de la pointe du couteau un trait fin dans le glaçage satiné.

— Le couper. Rien que pour eux, je veux dire.

— Ils n'aimeront pas ça ?

— Si, bien sûr, mais... »

Une main rose se leva devant l'imperméable, mais retomba aussitôt.

« C'est un joli gâteau. »

Elle appuya la lame en travers du champ de neige en sucre jaune pâle.

L'homme se retourna pour regarder par la fenêtre. Soudain, il demanda :

« Où est votre mère ? »

La petite fille fronça les sourcils, s'appliqua à

couper le gâteau. L'homme attendit. N'allait-elle pas lui répondre ? Elle soulevait le premier quartier coupé quand elle murmura enfin :

« Ma mère est morte.

— Mais votre père est là, n'est-ce pas ? dit-il en reniflant, d'une façon exagérée. Il fume du tabac français, pas vrai ? »

La petite fille arracha de la boîte une longue bande de papier paraffiné, l'étala, et enveloppa soigneusement le premier morceau de gâteau.

« C'est vrai ? Des cigarettes françaises ?

— Oui. »

L'index de sa main rouge s'agita.

« C'est un homme *très* débauché ! »

L'enfant, coupant la deuxième tranche, ne leva pas la tête.

« Des cigarettes françaises. Ho, ho ! »

Le rire gras cherchait à attirer la petite fille dans sa mythologie, le folklore selon lequel tout ce qui était français, même les cigarettes, était une occasion de péché. Il pouffa, encore une fois.

« Des cigarettes françaises ! Ici dans l'île ? *Hors* saison ? Hou, le vilain ! »

Le sous-entendu devait lui paraître incomplet sans le soulignement d'un nouveau rire complice.

La petite fille enveloppa le deuxième morceau de gâteau. Avec le couteau, elle gratta de ses doigts le sucre glace neigeux, mais ne le mangea pas.

« Mon père n'a rien d'un débauché, dit-elle. C'est un poète. »

Elle contemplait le cercle de flammes des bougies encore allumées.

« Là-haut ? » demanda l'homme.

Elle leva les yeux vers lui ; il était à la fenêtre.

« Qui ?

— Votre père.

— Non. Dans son bureau. Il travaille.

— Un poète.

— Oui.

— Ma mère m'a dit aussi qu'il était poète, et quand ma mère dit quelque chose, c'est forcément vrai. Rien n'oserait la faire mentir. Ma mère est la dame de l'agence immobilière qui a loué cette maison à votre père. »

La petite fille se releva et apporta les deux morceaux de gâteau enveloppés à l'homme posté à la fenêtre.

En sentant son parfum, elle eut la nausée.

« Les gosses vont être ravis », assura-t-il en prenant l'offrande.

Ses mains rouges effleurèrent les doigts pâles et délicats de l'enfant. Elle recula, si vivement qu'elle faillit lâcher le gâteau.

Pendant un trop long moment, l'homme vit la petite fille contempler ses mains. Des mains. Selon son père, les mains étaient plus révélatrices du caractère d'une personne que son visage, et ces mains-là étaient petites et douces comme celles d'une femme, bien que rougies par le froid, et malgré les pores élargis, comme un portefeuille en pécari que son père avait reçu un jour en cadeau mais qu'il avait fini par jeter parce que le cuir ne se débarrassait pas de son odeur désagréable. La petite fille était certaine que si cet homme la touchait encore une fois elle tomberait raide.

« Le temps se lève, dit l'homme. Plus de pluie cette nuit. Rien que des flaques de boue pour que les gosses y pataugent. »

Elle retourna à la table basse, prit le couteau et le rouleau de papier paraffiné et les emporta dans la cuisine.

« Si calme, reprit-il, et pour une fois il parla tout bas. Ecoutez. Parfois, de cette maison, on entend l'océan. Ce soir, il n'y a que le vent. »

De la cuisine, elle regardait l'homme à la fenêtre.

« La plupart des gens pensent qu'en hiver c'est un endroit bien solitaire, dit-il en essuyant la buée avec la manche de son imperméable. Mais à vrai dire votre père et vous avez de la chance d'être ici à cette époque de l'année. Dès l'automne, les gens de l'été font leurs bagages, ferment leurs volets et filent à New York brancher leur chauffage central. L'hiver arrive et tous les juifs laissent finalement le pays aux gens du cru. A nous. Et aux Ritals, bien sûr. »

L'homme regardait maintenant les bougies d'anniversaire s'éteignant une à une.

« Vous avez treize ans ?

23

— Non.

— Pourquoi treize bougies, alors ?

— Tout ce que j'avais.

— Vous avez quatorze ans ?

— Mon père a publié son premier recueil de poèmes alors qu'il n'avait que onze ans.

— En Angleterre, hein ?

— Oui.

— C'est plus facile d'être poète en Angleterre. Ici, quand on a onze ans, on ne compte pas. »

Une main rouge glissa sur ses cheveux, déplaçant les mèches sur le fond luisant du crâne dégarni.

Il ne comprenait donc pas qu'elle n'avait pas envie de parler ?

« J'ai écrit des vers, moi aussi, reprit-il. Au cours complémentaire. Pour le journal de l'école. Vous faites des poèmes, vous ?

— Oui.

— Vous parlez de quoi ? »

Elle haussa les épaules. C'était la seule réponse possible. Pourquoi insistait-il pour tant parler ? Rien ne semblait le décourager.

« Vous les avez publiés ? »

Son silence ne parut pas le dérouter.

« Vos poèmes ? »

Elle hocha la tête.

« Dans le journal de l'école ? »

Dans la cuisine, la petite fille claqua un tiroir et ne répondit pas.

« Dans des journaux ? Des magazines ? »

Une bûche s'écroula dans la cheminée et des étincelles jaillirent, tombant sur le tapis. La petite fille accourut et prit le tisonnier.

« J'aimerais bien lire vos poèmes. »

Elle repoussa les braises dans le foyer.

« Votre père s'appelle bien Leslie Jacobs ?

— Oui.

— Et vous ?

— Rynn.

— R, y, n, n ? C'est un nom curieux. »

Elle remit un fragment de bûche en place.

« Vous devez être très intelligente, dit-il en regardant autour de lui. Vous vivez seule ici avec votre père ? »

Elle ne répondit pas mais souleva le couvercle du coffre à bois et y jeta le tisonnier.

« Rien que vous deux ? insista l'homme.

— Oui. »

Hallet s'approcha du fauteuil à bascule et le mit en mouvement, d'une main rouge.

« C'est son fauteuil ?

— Oui.

— Et vous n'aimez pas que quelqu'un d'autre s'y asseye, hein ? »

Elle haussa les épaules, vaguement, tandis que l'homme plaquait ses mèches châtain sur son crâne.

« Les vibes, dit-il. Les vibrations, quoi, que les choses m'inspirent. (Du dos de sa main en pécari, il stoppa le balancement du fauteuil).

Certaines gens sont superstitieux, et n'aiment pas qu'on balance un fauteuil où personne n'est assis. »

La petite fille ne se détourna pas du feu.

« Ils disent ça aussi en Angleterre ? N'allez pas me raconter que vous n'êtes pas superstitieuse. »

Silence.

« Vous devriez ! Après tout, c'est Halloween, ce soir. Vous devriez aussi avoir un chat noir. Le chat noir est pratiquement obligatoire, cette nuit. »

Il regarda autour de lui, comme pour montrer à la petite qu'il s'attendait à voir un chat, en dépit de ses dénégations.

« Pas de chat du tout ?

— Pas de chat.

— Toutes les petites filles aiment les chats. »

L'enfant retourna vers le coffre à bois, se pencha dans un coin sombre et ouvrit une toute petite cage de fil de fer.

« Qu'est-ce que vous avez là ? »

Le petit animal qu'elle tenait dans ses mains servit de prétexte à l'homme pour s'approcher d'elle.

« Une souris blanche ? »

Comme Hallet manœuvrait pour regarder la souris de plus près, elle se détourna de son parfum.

« Comment tu t'appelles ? » demanda-t-il à la souris.

La petite embrassa le museau rose.

26

« Elle a bien un nom. Allez, Rynn. Dites-le-moi.

— Gordon, murmura la petite fille, mais c'était à la minuscule créature aux moustaches frémissantes qu'elle s'adressait, pas à l'homme.

— Anglais ? »

Rynn hocha la tête. Elle n'avait même pas avoué à son père, en partant, qu'elle emmenait Gordon en fraude aux Etats-Unis, dans la poche de son duffle-coat de chez Marks and Spencer. Après avoir embrassé Gordon une deuxième fois, elle porta la souris à la table et la posa devant le gâteau. La souris releva la tête et ses yeux roses examinèrent la montagne de sucre glace couleur paille, les quelques bougies clignotantes. Rynn ramassa une miette et la lui tendit. Ses yeux brillaient dans la lueur dansante. Gordon se releva sur les pattes de derrière, ses griffes s'enfonçant dans le gâteau.

« Avant que toutes les bougies s'éteignent, vous ne pensez pas que vous devriez appeler votre père ?

— Jamais quand il travaille. »

L'homme considéra la petite fille et Gordon pendant un long moment, en silence.

« On ne vous a jamais dit que vous étiez une très jolie petite fille ? De beaux cheveux. Surtout dans cette lumière. »

Sa main se tendit, mais il interrompit son geste avant de toucher les cheveux de Rynn.

« Une jolie fille comme vous, le jour de votre

anniversaire... Pas de petits amis du tout ? »

L'enfant et son animal familier, dans un monde à part, repoussaient l'intrusion de l'homme. Elle se pencha sur la table pour poser sa joue tout contre Gordon.

Hallet examina ses cheveux brillants, le cafetan au tissu tendu sur son dos et ses hanches.

« Allez ! Je parie que vous avez un petit ami. Des tas de copains. Une jolie fille comme vous. »

Soudain, l'homme baissa le bras et claqua les fesses de la petite fille. Rynn pivota brusquement, les yeux brûlant de haine. Hallet pouffa nerveusement.

« Y a pas de mal à ça. Il faut que je vous donne une fessée. Pour votre anniversaire, vous devez être fessée. Une claque pour chaque année. Et une de mieux pour faire bon poids. »

Les yeux verts de Rynn regardèrent fixement l'homme, jusqu'à ce qu'il se détourne.

« C'est un jeu, protesta-t-il. Un jeu d'anniversaire ! »

Sa voix était trop forte, aiguë. En reculant vers la table ancienne, il faillit trébucher.

« Vous pensez... Hé là ! Non, écoutez ! J'ai deux gosses ! Là, dehors ! »

Il battit en retraite jusqu'à la fenêtre et regarda par le carreau.

« Ah ! voilà le squelette vert ! Et le monstre de Frankenstein ! »

Son cri était joyeux, et il jubilait en passant près de la table pour reprendre son potiron lumineux. Il fourra les morceaux de gâteau dans la poche de son imperméable, écrasant les deux tranches l'une contre l'autre.

« Merci pour le festin. Je vous garantis que mes monstres se tiendront bien. Pas de farces. »

A longues enjambées, Hallet recula vers la porte.

« Dites à votre père que je regrette de l'avoir manqué. »

Il ouvrit toute grande la porte. Dehors, deux enfants déguisés attendaient dans le tourbillon de feuilles mortes.

« J'allais oublier. Bon anniversaire ! »

Rynn ne le remercia pas. Elle lui fit face, le regard haineux. Hallet pouffa et sortit précipitamment.

« Bon anniversaire ! » tonna-t-il, mais le vent emporta ses paroles dans la nuit.

La petite fille claqua la porte et poussa le verrou.

III

LE vendredi matin, on aurait pu se croire en avril tant l'air était doux et le ciel bleu sans nuages. Dans l'après-midi, cependant, l'automne reprit ses droits. L'air était imprégné de l'odeur des feux de branchages, la vieille ferme de bois derrière son écran d'arbres dénudés était baignée d'une lumière plus ambrée que dorée et les ombres s'allongeaient démesurément sur les feuilles mortes.

Une magnifique Bentley, énorme et lustrée, et d'une couleur rouge foncé si remarquable que les villageois la disaient « couleur de foie cru », avança dans le sentier à travers la fumée bleue tourbillonnante, ralentit et s'arrêta devant la maison.

Dans le silence rompu parfois par le croassement d'un corbeau, une portière s'ouvrit et une

31

femme plus âgée qu'elle ne le paraissait de loin descendit de la voiture, portant un panier. Ses cheveux, dans un rayon de soleil, brillaient comme de l'or, ou plutôt du plaqué aux reflets durs et peu naturels. Elle claqua la lourde portière, la verrouilla, et serra contre elle son manteau de tweed brun bourru. Ses mains, même en pleine lumière, étaient aussi lisses et roses que celles de l'homme qui avait fait une visite intempestive la nuit de la Toussaint. Cette adiposité rose, la même que Frank Hallet, gardait aussi sa figure lisse, à l'exception de deux rides profondes convergeant dans un froncement de sourcils perpétuel à la racine de son nez, comme des marques rituelles peintes d'une Hindoue. Des yeux bleus durs scintillaient comme des pierres polies.

Accrochant l'anse du panier à son bras, la femme se dirigea vers la maison, ses souliers de daim brun écrasant les glands et dispersant les feuilles sèches.

Dans les branches d'un arbre tout nu, l'éclair bleu d'un geai passa. Au loin, dans un champ, un corbeau croassa. Plus loin encore, les vagues de l'océan s'écrasaient sur une plage.

Soudain la femme s'arrêta pour écouter, car les fenêtres et les portes de la maison étaient ouvertes comme pour respirer l'air automnal. Des sons étranges la surprirent.

Elle entendait des voix psalmodiant des mots et des phrases, mais elle avait beau faire elle ne comprenait rien, et n'imaginait même pas quelle langue elles parlaient.

Au lieu d'aller tout droit à la porte d'entrée, la femme contourna la maison, en marchant dans les feuilles mortes, jusqu'au petit jardin mal entretenu. Là, l'herbe était haute. Quelques chrysanthèmes jaunes, orangés, survivaient, mais les zinnias et les dahlias, noirs et desséchés, pourrissaient sur pied.

Sous la treille, elle trouva des grappes de raisin pourries, couvertes de moisissures. Un pommier en espalier, crucifié contre le mur de la maison, portait quelques pommes jaunes, mais elles étaient talées ou mangées de vers.

« Ils auraient vraiment dû pulvériser de l'insecticide », se dit-elle.

Seuls les coings, dans le désordre de branches d'un arbuste abattu, étaient beaux et gonflés, vert et or. Elle tendit la main, choisit les plus beaux et en un rien de temps son panier fut rempli.

Marchant dans les hautes herbes sèches, elle s'approcha de la maison pour examiner les murs de planches. Certaines, décolorées par les intempéries, étaient fendues et vermoulues. Le volet d'une fenêtre pendait par un seul gond rouillé. La femme se promit de faire venir le charpentier du village, mais aussitôt la logeuse reprit le dessus et décida que la petite maison attendrait bien le printemps.

Près de la fenêtre ouverte, les voix étaient plus

fortes, plus distinctes et plus incompréhensibles encore.

« *Ha-ou-KHAL lub-tal-PAYN, mi POH ?* »

Une autre voix, beaucoup plus douce, répéta :

« *Ha-ou-KHAL lub-tal-PAYN, mi POH.* »

La femme regarda par la fenêtre. Elle fut étonnée ; jamais elle n'avait vu le petit salon et la cuisine aussi propres. Le mobilier ciré et le plancher de chêne étincelaient ; les chandeliers d'étain sur la table ancienne luisaient au soleil.

« *Ha-tou-KHAL lub-tel-PAYN a-vou-RIE ?* »

La femme comprit qu'une des voix était beaucoup trop forte pour ne pas venir d'un amplificateur ; c'était donc un disque. Mais l'autre ?

« *Ha-tou-KHAL lub-tel-PAYN a-vou-RIE ?* »

Le répons venait d'un coin sombre à côté de la cheminée. Comme elle ne pouvait voir ce coin, elle retourna sur le devant de la maison et là, par les fenêtres, elle put voir la petite fille qui était assise et caressait sa souris blanche en psalmodiant les phrases se lever vivement, remettre l'animal dans sa cage et courir au tournedisque.

« *A-va-KAYSH sie KGAR mub-ko-Mitt, mies PAHR...* »

Le son coupé, le silence fut tel qu'elle put entendre les corbeaux, sous le soleil d'automne.

Rynn courut pieds nus à la porte mais la femme au panier l'écarta, son gros manteau de tweed effleurant l'enfant quand elle entra dans la maison. Elle montra son panier.

« Des coings. J'ai toujours pensé qu'ils avaient l'air de pommes baroques. »

Cherchant autour d'elle un endroit où les poser, elle choisit de placer les coings sur la table ancienne du salon.

« Comment vous plaisez-vous ici, tous les deux ? demanda-t-elle, en lissant des cheveux d'or qui n'avaient pas besoin de l'être, des cheveux craquants de laque. Tout va bien ?

— Très bien, répondit Rynn en se demandant où elle avait déjà vu des cheveux d'une teinte aussi invraisemblable.

— La nouvelle chaudière à gaz vous chauffe suffisamment ?

— C'est parfait.

— Bien. »

L'œil aigu de la femme faisait le tour du salon ; ils se tournèrent vers Rynn qui les trouva d'un bleu plus froid que ceux de Frank Hallet. La femme toisa la petite fille. Si elle désapprouvait le chandail noir à col roulé, le blue-jean et les pieds nus, elle ne fit aucune réflexion. Apparemment, elle estima qu'elle devait se présenter.

« Je suis Cora Hallet. J'ai loué cette maison à votre père.

— Nous nous sommes vues dans votre bureau.

— C'est exact », dit la femme, reportant son regard sur la pièce, comme une logeuse inspectant son domaine.

Elle avisa le fauteuil à bascule, et passa une main curieuse sur le dossier.

« D'où vient ce truc-là ?

— C'est à mon père. »

Mrs. Hallet considéra le fauteuil, se tourna vers la table basse.

« Ne faites pas attention à moi, dit-elle en traînant le rocking-chair dans un coin pour le remplacer par la table placée devant la cheminée. Mais la place de cette table est ici. »

Elle regarda autour d'elle, comme pour s'assurer qu'il n'y avait pas d'autres changements à rectifier.

« Je ne peux pas supporter que les choses ne soient pas à leur place », déclara-t-elle, en faisant un effort pour sourire afin d'atténuer un peu ses manières autoritaires.

Mais déjà elle était au divan, tapotait les coussins, les redressait, les mettait soigneusement en rang d'oignons.

Elle fronça les sourcils. Une chope d'étain, sur la cheminée, semblait exiger un examen. Elle la prit, la retourna pour regarder le poinçon. De son manteau de tweed elle tira des lunettes au bout d'une chaîne d'or et les chaussa, étincelantes dans la lumière, et demanda :

« Anglais ?

— Oui.

— A lui ?

— A mon père.

« — Pas mal, mais ça ne convient pas à cette pièce. »

La petite fille se demanda si la femme pouvait deviner la rage folle qui commençait à bouillonner en elle. Elle se sentait devenir écarlate.

« Cette table-ci, et le tapis tressé, leur place est contre le mur. »

La femme se retourna, et sourit encore.

« Je sais, déclara-t-elle en conservant le sourire fixe, vous allez me dire que les poètes ne vivent pas comme les autres gens. N'est-ce pas ? »

Les yeux verts de Rynn ne quittèrent pas un instant cette femme qui, au lieu d'attendre une réponse, prenait un livre sur la cheminée, un mince volume relié de gris.

« Un des siens ?

— Oui. »

Elle examina la reliure, sans paraître impressionnée.

« J'oublie toujours de lui demander de m'en dédicacer un. »

Elle feuilleta le livre. S'immobilisa.

« Celui-ci l'est déjà. « Je t'aime. Papa. » Comme c'est gentil. »

Elle claqua le volume et le reposa sur la cheminée.

« Et c'est bien agréable d'avoir un poète célèbre dans notre village, sauf que nous ne l'apercevons pratiquement jamais. »

A présent, elle s'intéressait à un petit bouquet de fleurs séchées.

« Anglais ? »

Rynn hocha la tête. Sa colère était telle qu'elle ne savait si elle pourrait maîtriser sa voix.

Sous les doigts de la femme, des pétales secs tombèrent sans bruit.

« Nous ne vous voyons même pas au marché. »

Les sourcils haussés, un commentaire muet, son jugement du comportement de la fille et du père anglais.

« On nous livre tout », murmura Rynn, aussi calmement qu'elle le put.

Les sourcils de Mrs. Hallet restèrent haussés. Elle parla lentement, comme une maîtresse d'école expliquant quelque chose de nouveau, de difficile à comprendre pour une enfant.

« Si on en a les moyens... »

Elle tira de sa poche un paquet de cigarettes, en alluma une et se tourna vers la fenêtre ouverte ; puis elle fronça les sourcils en contemplant la treille.

Rynn avait trouvé à quoi les cheveux de la femme la faisaient penser. Comme ils étaient si manifestement teints, elle se demanda pourquoi elle avait choisi une couleur qui n'existait pas dans la nature mais uniquement en or filé sur la tête de ces horribles petites poupées appelées les Barbi Dolls.

« C'est *exactement* la même couleur, se dit-elle. Des cheveux de Barbi Doll sur une vieille femme. »

Mrs. Hallet regardait toujours par la fenêtre.

« Dommage qu'il y ait si peu de raisin cette année. Il aurait suffi de sulfater un peu... »

Elle déboutonna son manteau de tweed brun, comme une personne qui s'installe et entend rester longtemps. Rynn, qui n'avait pas l'intention de lui offrir une tasse de thé, n'aurait pas été surprise si elle en avait réclamé.

Des cheveux de Barbi Doll. Un rouge à lèvres trop rouge, comme une blessure sanglante, des lèvres aspirant la fumée de la cigarette.

« Ce n'est pas que j'aie une telle passion pour la gelée de coing mais je ne supporte pas le gaspillage. Ce doit être mon côté puritain. »

Rynn attendit que la femme souffle mais la fumée restait prisonnière de cette figure rose.

« C'est tellement à la mode, de nos jours, de *parler* de gaspillage. L'écologie, la pollution et tout. Vous remarquerez, cependant, que personne ne *fait* rien pour y remédier. »

La cendre s'allongeait au bout de la cigarette et Rynn apporta un cendrier, dans lequel Mrs. Hallet écrasa son mégot.

« Je puis faire une commission à mon père.

— Je suis venue chercher les bocaux à confitures, déclara Mrs. Hallet. Depuis toujours, Edith Wilson et moi avons fait de la gelée avec ces coings. Nous avons rangé les bocaux de l'année dernière à la cave. »

Elle se détourna de la fenêtre et vit la petite fille qui la regardait fixement.

« Votre père n'est pas là ?

— Non.

— Ne me dites pas qu'il a fait une apparition au village !

— A New York.

— En arrivant, j'aurais juré entendre des voix. »

A l'électrophone, Mrs. Hallet souleva le couvercle de plastique. Ses doigts potelés prirent le disque.

Rynn ferma les yeux pour maîtriser sa rage. Elle combattit une envie presque irrésistible de dire à cette femme de ne pas toucher ce disque avec ses sales pattes grasses.

La chaîne d'or tinta quand elle leva ses lunettes devant ses yeux et se pencha pour lire l'étiquette.

« De l'hébreu ? »

La petite fille, incapable de parler, hocha la tête.

Mrs. Hallet replaça le disque sur le plateau, sans ménagements.

« J'aurais pensé que le français serait plus utile. Ou l'italien. Dieu sait que nous avons assez de ces gens-là par ici avec qui vous pourriez parler. »

Rynn se surprit à répliquer posément :

« Voulez-vous écrire un message pour mon père ? »

Des doigts roses feuilletèrent la pile d'albums de disques rangés contre le mur.

« Tant d'étrangers dans notre village, depuis quelque temps, dit la femme en soupirant, puis elle sourit. Vous devez me pardonner, mais voyez-vous, il y a eu des Hallet ici dans l'île depuis plus de trois cents ans. »

Elle abandonna les disques pour passer une main sur la cretonne glacée du divan.

« La place de ce divan est là-bas. »

Un doigt boudiné indiquait la fenêtre.

Sur la table ancienne, Mrs. Hallet prit un journal.

« Anglais ?

— Oui. »

Les lunettes remontèrent sur le nez et elle examina le journal plié.

« J'adore les mots croisés.

— Emportez-les, si vous voulez.

— Mais votre père les a commencés.

— C'est moi. »

Elle haussa les sourcils, feignant la stupéfaction.

« *Et* de l'hébreu ! Vous êtes brillante ! »

Elle déplia le journal, le feuilleta, le jeta en désordre sur la table.

La petite fille le replia, les mots croisés sur le dessus.

« Les enfants de mon fils m'ont dit qu'à Halloween vous leur avez donné de votre gâteau d'anniversaire.

— Oui.

— C'était très généreux de votre part.

— Votre fils m'a expliqué que cela s'appelait
« farce ou festin ».

La femme déplaça un des chandeliers d'étain
sur la table, pour les placer symétriquement.

« Il est entré dans la maison ?

— Qui ? » demanda Rynn, en sachant fort
bien de qui il s'agissait.

Mrs. Hallet remonta ses lunettes, pour examiner l'étain de plus près, comme si elle s'attendait
à y trouver des éraflures.

« Mon fils, dit-elle.

— Oui. Il est entré.

— Votre père, murmura la femme en faisant
un effort pour s'intéresser davantage à l'étain
qu'à ce que pourrait répondre l'enfant. Votre
père était bien à la maison, ce soir-là ?

— Il était dans son bureau.

— Il travaillait ?

— Il traduisait. Quand il traduit on ne peut
pas le déranger.

— Naturellement. »

Mrs. Hallet abandonna enfin la table, passa
près du fauteuil à bascule, l'effleura d'une main
et le mit en mouvement.

« Depuis ce soir-là, mon fils est revenu ? »

Elle continua de feindre qu'elle ne s'intéressait pas à la réponse, qu'elle parlait simplement
de choses et d'autres, comme une voisine en
visite.

« Non, dit la petite fille sans quitter la femme
des yeux.

« — Il n'est pas revenu du tout ?

— Non. »

Mrs. Hallet caressa le bois ciré du rocking-chair.

« Si mon fils revenait, en l'absence de votre père... »

Elle se pencha sur le bois luisant, et s'efforça de parler négligemment :

« S'il revenait, alors peut-être, dans ce cas, feriez-vous mieux de ne pas le laisser entrer.

— Ce soir-là, il ne m'a pas demandé la permission.

— J'espère, répliqua Mrs. Hallet d'une voix glacée, que vous n'aviez pas l'intention de paraître aussi insolente. »

Rynn savait que la femme attendait une dénégation de toute intention d'insolence. Elle ne l'obtiendrait pas davantage que la tasse de thé.

« Je dirai à mon père que vous m'avez demandé de ne pas permettre à votre fils de franchir notre seuil.

— Ce ne sera pas nécessaire, protesta rageusement la femme.

— Je comprends peut-être mal ce que vous voulez.

— Ce que je ne veux surtout pas, c'est poursuivre cette conversation qui n'a pas la moindre importance. Je suis venue pour les bocaux à confitures. »

Le silence de la petite fille fit l'effet d'une accusation.

« Je vais aller les chercher maintenant, déclara la femme.

— Vous ne voulez pas que je parle à mon père de votre fils ?

— J'ai dit que ça suffit ! Evidemment, vous ne pouvez rien comprendre à ces choses-là.

— Il pense que j'ai de beaux cheveux. Il vous l'a dit ? »

Les mains roses de la femme pâlirent en se crispant sur le dossier du fauteuil à bascule.

A ce moment, Rynn osa lever les yeux et regarder au fond de ceux de Mrs. Hallet. Elle savait que la femme se demandait ce qu'elle était capable de comprendre au juste.

Mrs. Hallet s'éclaircit la gorge et carra ses épaules.

« Je veux ces bocaux.

— Je ne les ai pas vus.

— Je vous le répète, ils sont à la cave. »

Le regard de Rynn se déroba.

« Nous allons déplacer cette table pour que je puisse soulever le tapis et ouvrir la trappe. Vous comprenez ça, au moins ? N'est-ce pas ? dit-elle, la voix plus dure. *Les bocaux sont en-bas, à la cave !* »

Rynn enfonça ses poings crispés dans la ceinture de son jean.

« Prenez ce côté de la table.

— Mon père et moi nous préférons cette table là où elle est !

— Sa *place* est contre le mur ! »

Un silence les sépara, qui dura bien dix secondes.

« Vous me pardonnerez, dit Mrs. Hallet, chaque mot imprégné de vitriol, mais quand j'avais votre âge on m'apprenait à obéir aux grandes personnes ».

Rynn ferma les yeux sur la rage flamboyante qu'elle ne devait pas laisser exploser.

« Excusez-moi, Mrs. Hallet...

— Je suis venue pour chercher ces bocaux.

— Je vous les apporterai plus tard. »

Mais la femme refusa d'en entendre davantage.

« *Déplacez cette table !*

— Je suis chez *moi !*

— Vous êtes une petite fille incroyablement mal élevée qui va faire exactement ce que je dis ! »

Rynn attendit. Est-ce que cette femme allait l'empoigner par les épaules et la pousser vers la table ? La figure rose devint violacée de colère. Des veines gonflées saillirent sur son cou comme des cordes violettes. Rynn comprit que Mrs. Hallet était incapable de parler. A son profond étonnement, elle se surprit à lui crier :

« La semaine dernière vous avez pris les seuls bons raisins que nous ayons ! Je vous ai vue ! Et maintenant les coings ! Vous n'avez jamais demandé la permission ! Ni alors ni maintenant ! »

La bouche écarlate de Mrs. Hallet s'ouvrit et se referma brusquement. Elle rétorqua :

« Les raisins des Wilson ! Les coings des Wilson !

— Aujourd'hui vous n'avez pas demandé si vous pouviez entrer... Vous avez pénétré de force dans ma maison !

— La maison des *Wilson !*

— *Ma* maison !

— *En location !* »

La femme aux cheveux dorés avait craché les deux mots. Elle profita d'un instant de silence pour se ressaisir et reprendre haleine puis, toujours frémissante de rage, elle parvint à parler plus posément :

« Vous avez bien treize ans ? »

La petite fille comprenait qu'elle devait soutenir le regard de cette femme.

« Pourquoi n'êtes-vous pas à l'école ? »

Pour la deuxième fois, le regard de Rynn se déroba.

Soudain Mrs. Hallet fut certaine d'avoir une arme. Son silence, son expression exigeaient une réponse. Quand Rynn parla enfin, ce fut dans un souffle :

« A treize ans, on n'a donc pas de droits ?

— A treize ans on doit aller à l'école. »

Déroutée, la petite fille voulut se détourner.

« Regardez-moi quand je vous parle !

— J'étudie à la maison.

— Le conseil de discipline aura son mot à dire. Pour le moment, vous allez soulever votre côté de la table. »

Pour toute réponse, Rynn fourra ses mains dans la ceinture de son jean.

« Il se trouve justement que je suis la présidente de ce conseil.

— Et tous les enfants doivent vous obéir ?

— La place de tous les enfants est à l'école. »

La *place* du mobilier était ici ou là, la *place* des enfants à l'école. Dans l'univers bien ordonné de Mrs. Hallet, tout et tout le monde avait sa place.

« L'école dérange mon éducation.

— C'est votre père qui vous a appris à dire ça ? »

Comme Rynn ne répondait pas, Mrs. Hallet fut certaine d'avoir deviné juste.

« Très habile, sans aucun doute. Je suis sûre que vous et votre père avez encore un tas de choses brillantes ou sarcastiques à dire. J'imagine fort bien la vie libre et sans soucis que vous meniez à Londres tous les deux. Oh ! oui. Mais *si* vous voulez vivre ici... »

En soulignant le mot *si*, Mrs. Hallet parvenait à jeter un voile de doute sur l'avenir tout entier.

« *Ici*, vous feriez bien de vous rappeler que certains d'entre nous, qui vivons dans ce village depuis beaucoup plus longtemps que vous, sommes fiers d'assumer nos responsabilités... en sachant comment nous montrer bons voisins. S'il le faut, je puis vous assurer que nous savons aussi très bien faire comprendre à des nouveaux résidents qu'ils ne sont pas les bienvenus. »

Mrs. Hallet prit dans sa poche son paquet de cigarettes, le trouva vide. le froissa et le jeta dans le feu.

« Mais assez de vos insolences ! Où est votre père ?

— Je vous l'ai dit. A New York.

— *Où*, à New York ? »

Mrs. Hallet s'exprimait sur le ton railleur d'un avocat démolissant les déclarations d'un témoin à charge.

« Il déjeune avec son éditeur.

— Donnez-moi le numéro de téléphone de cet éditeur.

— Je ne l'ai pas.

— Très bien, son nom alors. »

Mrs. Hallet s'empara du livre sur la cheminée, l'ouvrit rageusement en faisant craquer le dos et feuilleta les premières pages. Le volume, une édition anglaise, portait l'adresse d'une maison de Londres, alors elle le referma et le jeta sur la cheminée, comme si elle sentait qu'elle avait épuisé la plupart de ses armes contre l'enfant.

« Votre père me téléphonera dès son retour. Vous avez compris ? »

Etait-ce une illusion d'optique ? Y avait-il des larmes dans les yeux de la petite fille ?

« Parlez, cria la femme, que je sache au moins que vous me comprenez ! »

Rynn était pâle, mais sa voix ne frémit pas :

« C'est ma maison. »

Mrs. Hallet s'empara de son panier et sortit précipitamment.

Rynn s'approcha du coin où Gordon s'agitait un peu dans l'ombre. Soulevant la minuscule souris de sa cage, elle s'assit par terre et se mit à lui parler tendrement, tout bas.

Va en ville faire ses courses.

IV

RYNN avait projeté d'aller en ville la semaine suivante, mais la menace de Mrs. Hallet de porter son cas devant le conseil de discipline avait pris dans son esprit des proportions telles qu'elle n'avait pas dormi de la nuit. Elle se dit qu'il serait plus sûr de faire ses courses les jours où les autres enfants étaient dans la rue. Le samedi, personne ne s'étonnerait qu'une petite fille de treize ans ne fût pas à l'école.

Le samedi et le dimanche, elle était libre d'aller où bon lui semblait.

A l'arrêt d'autobus, en face d'une maison avec un cerf de fer sur la pelouse, Rynn attendait seule, tandis que la pluie tambourinait sur l'énorme parapluie noir que son père avait apporté de Londres. Sous son abri, emmitouflée dans son duffle-coat vert mousse, de hautes bottes de caoutchouc aux pieds, elle était au sec et au chaud.

Un autobus jaune s'arrêta dans une gerbe d'éclaboussures, ses portes se replièrent en claquant, et la petite fille monta parmi les passagers dont l'haleine embuait les vitres.

L'autobus n'était pas plein, mais elle se sentit mal à l'aise parmi tous ces gens, et se hâta d'aller s'asseoir tout à l'arrière, seule sur la longue banquette du fond.

Les phares des voitures et les enseignes au néon multicolore scintillaient confusément derrière les vitres embrumées.

Elle étouffait, car elle trouvait l'atmosphère de l'autobus, comme presque tous les lieux publics d'Amérique, incroyablement surchauffée ; elle déboutonna son duffle-coat. De sa poche, elle tira une édition bon marché des poèmes d'Emily Dickinson. Elle examina la couverture illustrée, la jeune femme en robe noire austère, les cheveux sombres coiffés en bandeaux, le visage infiniment grave et empreint de sagesse, les yeux immenses. Par bien des côtés, Rynn avait l'impression qu'Emily Dickinson et elle se ressemblaient... Rynn et cette fille, morte depuis quatre-vingt-dix ans, qui selon un autre poète avait « écouté aux portes de l'univers ».

Elle retourna le livre, examina le visage sous un autre angle.

Oui, elle en était sûre. Elle lui ressemblait.

Son père l'avait dit.

Elle se mit à lire.

« Que l'amour soit tout ce qui existe,
C'est tout ce que nous savons de lui... »

Devant elle, deux filles hurlèrent de rire. Elles brandissaient des bâtons avec des fanions de feutre de couleur vive portant des têtes de chats ricanantes et le mot WILDCATS en lettres blanches. Les deux amies parlaient très haut, pour être entendues par la fille qui faisait semblant de lire. Il était question de garçons et « du match », et Rynn supposa qu'elles parlaient de football américain. Recroquevillées sur leurs secrets, elles pouffaient, chuchotaient et, toutes les cinq secondes, éclataient d'un nouveau rire aigu.

Une fois, Rynn croisa le regard de la fille à lunettes.

Rynn regretta de ne pas avoir d'aussi grands yeux, mais elle se dit que sans doute les verres les agrandissaient. Quand la fille éclata de rire et révéla brièvement un appareil sur des dents mal plantées, l'envie de Rynn s'envola. L'autre fille avait un teint terreux et rien à envier, sauf un manteau de lainage écarlate qui lui rappela les horse-guards de la reine.

Toutes les deux, elles coulaient des regards sournois vers la petite fille assise toute seule ; celle aux lunettes et à l'appareil se tourna vers son amie pour lui chuchoter vivement quelques mots. L'autre, qui s'apprêtait à faire claquer une bulle rose de bubble-gum, faillit s'étrangler, et enfouit son rire dans l'écharpe de laine blanche de sa copine.

Rynn pensa que si c'était cela, avoir une amie intime, c'était bien une perte de temps stupide.

La bouche à l'appareil chuchota encore et les deux filles furent prises de fou rire.

Rynn savait qu'elles parlaient d'elle, et elle sentit brûler ses joues et son front.

Lentement, elle tourna une page, se concentrant ostensiblement sur son livre mais au bout de quelques instants elle découvrit un poème si beau qu'elle ferma les yeux et songea au paisible village de Nouvelle Angleterre où Emily Dickinson avait vécu et où elle était morte. Son village, se dit-elle, ne devait pas être très différent de celui où elle-même habitait à présent, des ormes géants, des rues calmes, de petites maisons de bois, un vieux cimetière. De la neige en hiver, des pelouses où les ombres s'allongeaient les soirs d'été.

Emily Dickinson, c'était certain, n'avait pas d'amies idiotes. Elle n'en avait pas besoin.

Une bulle de chewing-gum rose s'enfla au point d'éclater et la fille qui l'avait soufflée aspira ses restes et se lécha les lèvres sans complexes. Les yeux pleurant de rire, elles essuyèrent leurs larmes avec le même kleenex. Soudain, elles poussèrent un glapissement et sautèrent sur le bouton d'arrêt.

Elles se précipitèrent par la porte de derrière dans un éclat de rire en hurlant :

« *Allez les Wildcats !* »

Sur leur siège, elles avaient laissé un mince magazine, que Rynn ramassa. Sur la couverture, un jeune homme aux couleurs vives lui souriait. C'était la figure d'une très jolie dame anglaise que l'on pourrait rencontrer dans une élégante boutique de Knightsbridge, ou marchant parmi la bruyère, dans la publicité d'un parfum. Elle examina le garçon. Il avait des yeux immenses (qu'elle envia), un teint sans défaut, des cheveux longs et souples et brillants qui auraient fait l'orgueil de n'importe quelle fille. Sous la photo, des caractères gras annonçaient que le garçon à figure de dame anglaise venait de battre tous les records du hit-parade du disque avec son dernier album. Rynn, tournant les pages, découvrit d'autres photos de l'idole des jeunes assailli par des filles de son âge à elle, la bouche grande ouverte, contemplant amoureusement ce mince jeune homme qui souriait perpétuellement et serrait le plus souvent contre son cœur une guitare. POURQUOI, demandait le titre de l'article, NOUS DISENT-ILS QUE NOUS SOMMES TROP JEUNES POUR L'AMOUR ?

« Pourquoi, en effet », se dit Rynn dans un bâillement exagéré en rejetant le magazine sur le siège ; elle fit le reste du trajet en compagnie d'Emily Dickinson.

La banque figurait en premier sur sa liste de courses.

Son père avait choisi un établissement ouvert le samedi matin et elle fut surprise d'y trouver autant de monde malgré la pluie battante, des familles entières en vêtements multicolores, écharpes, grosses bottes boueuses. Il y avait même des chiens, dont un dalmatien qui exprima sa joie en aboyant et en la fouettant de sa queue blanche.

Elle fut la seule à s'arrêter au guichet des coffres et un petit coup sur la sonnette plate fit surgir une employée, une longue fille svelte trop maquillée, le fond de teint couleur de sucre glace dissimulant mal une peau grêlée. La petite fille avait déjà inscrit le numéro du coffre et apposé sa signature sur une feuille de papier que l'employée prit pour aller fouiller parmi des fiches.

« Jacobs, Leslie A. ? demanda-t-elle d'une voix nasillarde, en regardant la petite fille.

— Et Rynn. R, y, n, n. Voilà ma signature, là. C'est ce que vous appelez ici en Amérique un compte commun. »

L'employée compara les deux signatures.

« Vous avez votre clef ? »

La petite fille montra une clef argentée qu'elle portait au cou au bout d'une chaîne. L'employée appuya sur un bouton ; la serrure de la porte à côté du guichet bourdonna comme un frelon que Rynn avait pris une fois au piège dans un bocal.

Dans une salle éclatante de lumière fluorescente, l'employée ouvrit une porte d'acier poli et s'écarta pour laisser Rynn prendre un coffre noir encastré dans le mur.

« Maintenant, vous l'emportez dans une de ces pièces, dit-elle en indiquant une rangée d'alcôves.

— Oui. Je sais. »

Quelques minutes plus tard, lorsque Rynn eut replacé le coffre dans le mur et que l'employée eut refermé la grande porte et rendu la clef, un jeune sous-directeur aux dents jaunes s'approcha d'elle ; ils regardèrent la petite fille quitter le service des coffres et traverser le grand hall de marbre pour aller faire la queue à un autre guichet.

« Est-ce qu'elle n'est pas vraiment très jeune ? demanda Dents-jaunes.

— Elle a l'air de savoir ce qu'elle fait », répliqua la fille au fond de teint rose.

Rynn signa deux traveller's checks de vingt dollars. Un jeune caissier, qui s'efforçait en vain de laisser pousser sa moustache, fronça les sourcils en examinant les signatures. Il regarda la petite fille, puis les deux chèques.

Rynn sentait son cœur battre. Pourquoi la regardait-il comme ça ? C'étaient des chèques. Elle avait bien le droit de toucher ses propres chèques.

« Ils sont à vous ? » demanda le caissier.

Son ombre de moustache bougea à peine.

« Pourquoi n'appelez-vous pas un des directeurs de la banque ? » rétorqua Rynn, assez sèchement.

L'homme regarda autour de lui, mais s'il cherchait quelqu'un pour autoriser la transaction, il ne trouva personne. Il glissa une feuille de papier sur le comptoir, vers elle.

« Signez encore votre nom. Là-dessus. »

Personne ne disait donc jamais « s'il vous plaît » ?

Sans un mot, la petite fille écrivit son nom, de la même écriture précise figurant sur les chèques.

Le caissier fit signe à une femme potelée portant plusieurs colliers fantaisie qui tintaient au moindre mouvement. Les perles claquèrent sur le comptoir quand elle se pencha avec le caissier sur la nouvelle signature. Elle considéra la petite fille.

« Vous avez des papiers d'identité ? »

De la poche du duffle-coat où elle avait son portefeuille, Rynn tira un passeport britannique.

Le caissier ouvrit le document et le montra à la grosse femme.

« Elle n'a que treize ans. »

La bonne femme démêla de ses multiples colliers une chaîne avec des lunettes, pour mieux inspecter la fille qui n'avait que treize ans.

« Vous voyagez avec votre papa et votre maman ?

— Mon père a un compte ici. »

Le dalmatien passa en bondissant à côté de Rynn, sa queue battant ses jambes.

« Jacobs, Leslie A. », dit la petite fille.

La grosse femme l'examina une dernière fois.

« Ça va », dit-elle.

Apparemment, cela n'allait pas pour le caissier, qui manifesta une irritation croissante lorsque Rynn demanda son argent en billets d'un dollar. La transaction finie, il lui fit signe de s'écarter pour compter son argent. D'autres, fit-il observer, attendaient derrière elle.

Mais elle ne bougea pas.

« Puis-je avoir le papier avec ma signature, s'il vous plaît ? »

La fine moustache se contracta d'une manière exaspérée mais le jeune homme poussa le papier sur le comptoir. En s'en allant, Rynn le déchira en menus morceaux et le jeta dans une corbeille à papiers.

Tant de monde dans la rue. Tant de précipitation, tant de paquets.

La deuxième course de Rynn, chez un installateur de plomberie et de chauffage central, se trouvait assez loin, dans un quartier plus calme de la ville, et elle se trouva toute seule dans le magasin. Elle erra un moment, examinant les divers modèles de chaudières, les diagrammes d'installations, les maquettes des tuyauteries qui chauffaient si exagérément les Américains. Un grand panneau publicitaire annonçait que l'hiver était le bon moment pour installer une climatisation en vue d'un été réfrigéré. Au bout de quelques minutes elle se demanda s'il y avait du monde dans l'arrière-boutique.

« Il y a quelqu'un ? »

Silence. Elle appela encore une fois.

Un homme d'une jovialité inhabituelle, très vieux, arriva en hâte, tournant le bouton de son appareil acoustique et mâchonnant un sandwich au salami.

« Bonjour, dit-il en avalant précipitamment une énorme bouchée. Vous désirez ?

— Je m'appelle Jacobs. Mon père et moi nous avons loué la maison des Wilson, dans le sentier.

— Ici en ville ?

— Au village. »

L'homme hocha la tête et mordit encore dans son sandwich, laissant une dentelure en forme de croissant.

« Notre chaudière murale, que vous avez installée pour les Wilson, porte une étiquette indiquant qu'elle vient d'ici. »

L'homme hocha la tête derechef. Il connaissait les Wilson.

« Vous avez des ennuis ? »

Avec précaution, il posa le reste de son sandwich sur un bloc de papier à lettres.

Rynn expliqua qu'elle ne savait pas si elle avait des ennuis ou non, mais qu'en faisant le ménage l'autre jour elle avait lu sur le cadran que la nuit on doit le tourner à fond, jusqu'à la petite flèche marquée NUIT.

« C'est ça, dit le vieux en souriant. Mais

pourquoi ne pas laisser vos parents s'inquiéter de ça, hein ?

— Moi, je ne devrais pas ? »

Souriant à nouveau, il haussa les épaules.

« Bon, alors qu'est-ce que je peux faire pour vous ?

— Quand on tourne le cadran à fond, il reste une petite flamme allumée. Une assez haute flamme, même.

— La veilleuse.

— Ce n'est pas dangereux ? Après tout, c'est du gaz, et le gaz, ça peut être dangereux. »

Comme si elle avait proféré une accusation qu'elle devrait prouver elle ajouta machinalement :

« Je veux dire, à Londres, un de nos voisins a été trouvé mort, parce qu'il y avait eu une fuite de gaz.

— Vous n'avez à vous inquiéter de rien », assura l'homme, la bouche pleine.

Il contourna son comptoir et entraîna la petite fille vers un appareil, du même type que la chaudière murale chez Rynn.

« Je m'en vais vous montrer pourquoi. »

Il souleva le couvercle, et lui expliqua comment la veilleuse, la petite flamme bleue, allumait le brûleur. Plus important encore, il lui montra comment le gaz arrivait par un petit tuyau de cuivre. Du brûleur, un conduit d'aération aspirait le gaz par un trou dans le mur, en cas de fuite, et il se dispersait dehors.

« Voyez ? dit-il avec un sourire contenant une considérable portion de sandwich.

— Oui, parfaitement, assura la petite fille. Et je me sens beaucoup plus rassurée. Merci infiniment. »

L'homme souriait et mâchonnait toujours quand Rynn sortit, et elle se dit qu'il trouvait certainement bien bizarre qu'une petite fille de treize ans vînt à son magasin pour poser des questions sur une de ses chaudières. Pourquoi ? Est-ce que les petites filles n'auraient pas le droit de s'intéresser à ce genre de choses ?

Elle avait gardé sa troisième course pour la fin, parce que c'était celle qui lui plaisait le plus. Maintenant encore, dans la rue devant la librairie, contemplant les jaquettes glacées de tous les livres de la vitrine avec autant d'avidité qu'un enfant affamé devant une pâtisserie, elle remettait encore l'ultime bonheur, l'instant où elle entrerait enfin. Alors elle serait dans un monde bien plus merveilleux pour elle que celui qu'Alice avait découvert au fond du terrier du lapin, ou les astronautes dans la sombre immensité du cosmos.

Une fois dans le magasin, entourée de tables surchargées de livres, d'étagères de livres, de piles de livres, elle remit encore ce qu'elle désirait tant, l'instant magique où elle se trouverait devant les rayons consacrés aux minces volumes de poésie.

Deux heures plus tard, elle était toujours

assise par terre, dévorant page par page des livres dont les reliures craquaient comme des souliers neufs chaque fois que ses mains précautionneuses les entrouvraient. Elle ne voyait pas les autres clients allant et venant autour d'elle, elle ne les entendait pas.

Personne ne la dérangea. Aucun vendeur ne vint lui demander ce qu'elle désirait, ni la prier de partir et de ne pas toucher aux livres. Mais le moment vint où elle étouffa d'une telle émotion, où elle sentit sa figure si brûlante de surexcitation qu'elle s'enfuit de la librairie dans la rue glacée.

Elle passa encore une heure chez un disquaire, entourée de musique, imaginant la joie de pouvoir emporter des brassées d'albums. En quittant lentement le rayon de musique classique, elle aperçut le garçon du magazine. Sur un poster, ses yeux immenses la regardaient ; son sourire éblouissant la retint un long moment.

Au comptoir d'un magasin à prix unique, Rynn renonça à achever un hamburger graillonneux. Elle se força à avaler jusqu'au bout une boisson à l'orange, inodore et sans saveur, qu'une jeune serveuse noire lui avait apportée après avoir été totalement déroutée quand Rynn lui avait commandé une orange pressée. La jeune Noire examinait constamment la petite Anglaise, et la petite Anglaise continuait de boire.

La course suivante était celle qu'elle redoutait.

Elle resta dans l'autobus jusqu'à la place du village, avec son canon datant de la guerre d'Indépendance et sa pyramide de boulets de canon. Sautant de l'autobus, elle se hâta sous les ormes dénudés vers un bâtiment de brique rouge à colonnes blanches, la mairie.

La porte était ouverte mais à l'intérieur les couloirs et les bureaux étaient aussi déserts que Rynn avait espéré les trouver un samedi après-midi. Le silence était si total qu'elle se demanda si elle trouverait quelqu'un pour lui permettre de mener à bien sa mission, pour répondre à sa question.

En longeant une galerie, elle entendit le crépitement d'une machine à écrire. Il y avait donc quelqu'un.

En entendant des pas, elle se retourna. Une grande femme en imperméable, un foulard sur la tête, marchait d'un pas vif. La femme s'arrêta. Elle avait le type très anglais. Les cheveux dépassant du foulard étaient gris. Rynn était sûre que cette femme était anglaise, mais lorsqu'elle parla ce fut avec un indiscutable accent américain.

« Qu'est-ce que vous faites là ? »

Rynn se dit que cette personne n'avait pas le droit de lui parler sur ce ton. Et pourtant, elle chercha désespérément une explication. Avant qu'elle puisse répondre, la femme reprit :

« Pourquoi n'êtes-vous pas au match ? »

Pourquoi, en effet ? Rynn savait qu'elle

64

devrait répondre, et bien qu'elle vît maintenant que la figure souriante ne reflétait que la bonté, et que certainement sa question, une fois bien comprise, n'avait rien de méchant... il fallait tout de même dire quelque chose.

« Vous travaillez ici ? demanda-t-elle.

— Pas précisément, répondit la femme en souriant. J'essaie d'aider, dans un des comités.

— Je dois faire une rédaction sur l'administration, expliqua Rynn. J'aurais besoin de savoir quand le conseil de discipline se réunit.

— Vous voudriez peut-être assister à une de ces réunions ?

— Oh ! ce que j'ai besoin de savoir, surtout, c'est quand il se réunit.

— Deux fois par mois. Le deuxième et le dernier mardi. A onze heures. Nous avons eu une réunion mardi dernier. La prochaine n'aura lieu que dans deux semaines... Ah ! non, ce sera le congé de Thanksgiving, alors elle a été reportée. »

La femme réfléchit un moment.

« Je peux vous donner les statuts. Ça vous rendrait service ? »

Elle entra dans un bureau et revint avec une brochure.

« C'est assez complet, mais si vous voyez que vous avez besoin d'autres renseignements...

— Ce sera très bien, assura Rynn. Je vous remercie beaucoup.

— Mais vous ne devriez pas travailler

aujourd'hui. Vous devriez être au stade, pour le match de football. Les Wildcats ont besoin de tous leurs supporters. »

La petite fille hocha la tête.

« Pour quelle classe faites-vous cette rédaction ? »

Soudain, les yeux de Rynn se mirent à briller.

« Excusez-moi, dit-elle un peu haletante, avec une surexcitation qu'elle se permettait rarement. Vous pensez vraiment que je peux remettre mon devoir, et aller voir le match ? »

La femme consulta sa montre.

« Si vous vous dépêchez, vous arriverez à la mi-temps. »

Rynn fit demi-tour et courut dans le couloir. Toujours souriante, la femme se dirigea vers le bureau où l'on tapait à la machine.

Rynn courut tout le long du chemin sous la pluie.

« Le conseil de discipline ne se réunit pas avant quinze jours ! Et même, celui-là a été reporté ! »

Elle rit et son haleine forma un petit nuage de buée. « Mrs. Hallet, vous êtes une menteuse ! » Elle rit encore, tout haut. « Une menteuse, Mrs. Hallet ! *Menteuse ! Menteuse !* »

Elle entra en trombe dans sa petite maison, ouvrit fébrilement l'annuaire, chercha un numéro. En le formant sur le cadran elle regarda le carton plein de bocaux à confiture sur la table ancienne.

Tout en attendant une réponse, elle écoutait la pluie crépitant sur le toit.

« Mr. Hallet ? C'est Rynn Jacobs... Très bien, merci. Votre mère est là ?... Ah ! je vois. Elle voulait des bocaux à confiture que je n'ai pas pu lui donner hier. Vous voulez bien lui dire que je les ai préparés et qu'elle peut venir les chercher quand elle voudra ?... Oui, je serai à la maison... »

Soudain, la voix de la petite fille devint glacée :

« Non, il vaut mieux qu'elle vienne elle-même. Voyez-vous, Mr. Hallet, mon père peut avoir quelque chose à discuter avec elle... Merci, Mr. Hallet. »

*Meurtre de...
Mrs Hallet*

V

Un coup sec frappé à la porte fit courir Rynn dans le vestibule. Encore tout excitée d'avoir découvert le mensonge de Mrs. Hallet, elle ouvrit la porte et vit non pas la femme trop blonde, mais un visiteur inattendu. Elle réprima un cri car l'homme sur le seuil était immense, un géant devant une maison de poupée. Il se présenta : Officier de police Ron Miglioriti.

La petite fille répondit simplement qu'elle s'appelait Rynn Jacobs.

Elle ne craignait pas du tout la police. En Angleterre elle avait toujours trouvé ces jeunes agents polis, serviables, aimables ; jamais elle ne les avait vus autrement que calmes et posés, se promenant lentement sur les trottoirs comme si leur travail consistait uniquement à aider une vieille dame à trouver une rue ou un arrêt d'autobus. En Amérique, Rynn n'avait encore jamais rencontré de policiers mais elle n'avait aucune raison de penser qu'ils fussent différents. Celui-ci se tenait devant elle, son ciré ruisselant de pluie. Une espèce de capuche absurde, ressemblant à ces couvercles de plastique dont elle coiffait les plats ou les bocaux lorsqu'elle rangeait des restes dans le réfrigérateur, recouvrait sa casquette. Il avait de longues pattes bleu-noir et de gros sourcils noirs qui se touchaient presque au-dessus de ses yeux sombres et brillants. Son nez avait une forme un peu bizarre, comme s'il avait été cassé, mais ses dents étaient parfaites et son sourire absolument radieux, comme un rayon de soleil dans le gris de la journée. Il demanda à voir le père de Rynn et en le voyant là sous la pluie elle ne put s'empêcher de le faire entrer.

Elle fut reconnaissante lorsque l'agent, avant de mettre le pied dans la maison, secoua la pluie de son ciré. Une fois à l'intérieur, il s'efforça de ne pas trop mouiller son plancher si bien briqué.

Elle se surprit à lui offrir une tasse de thé.

Dans la cuisine, elle se rappela que, même s'il paraissait sympathique, son sourire n'avait aucun rapport avec la raison qui l'amenait.

Que voulait-il ?

Une pensée terrifiante lui vint. *Est-ce que Mrs. Hallet l'envoyait ?* Mais Rynn savait que le conseil de discipline ne s'était pas réuni. Etait-il venu pour chercher les bocaux, alors ? Elle se dit

70

que, quelle que fût la raison de cette visite, il vaudrait mieux se détendre, et ce fut le nom de l'agent qui lui facilita la chose. Au début, elle l'avait trouvé difficile à prononcer, mais à présent elle le trouvait poétique. Lorsque le thé fut prêt et qu'elle le versa dans les tasses, Rynn prononçait déjà le nom avec un bel accent italien chantant.

« Miglioriti. »

L'homme sourit, ce qui semblait être sa réaction habituelle. Mais en prenant sa tasse il fronça les sourcils. Il avait bien du mal à saisir l'anse délicate avec son gros pouce et son index énorme. La tasse vacilla.

Rynn considéra sa main. Grande, carrée, forte. Elle se dit qu'en d'autres samedis, peu d'années auparavant, cette même main avait tenu un ballon ovale. Le rugby expliquait le nez cassé.

Avec application, Miglioriti porta la tasse à ses lèvres.

« Il y a longtemps que votre famille habite le village ? » demanda Rynn poliment.

Un nouveau sourire éclaira la figure de l'agent.

« On dirait que vous avez bavardé avec Mrs. Hallet. »

Mrs. Hallet ! L'avait-elle envoyé ?

L'agent Miglioriti avala une gorgée de thé avant de poursuivre :

« Ne lui dites pas que je l'ai dit, mais selon

Mrs. Hallet on doit sentir encore l'huile de baleine du premier voilier qui a jamais accosté ici, sans quoi on restera toujours un émigrant.

— Je suppose que nous sommes les plus nouveaux, mon père et moi, dit vivement Rynn.

— Au moins Mrs. Hallet vous a permis de vous installer au village. Elle n'accepte pas tout le monde. Pas si elle a son mot à dire. »

Miglioriti fit une nouvelle tentative, pour boire une troisième gorgée, mais renversa du thé dans la soucoupe. Il regarda autour de lui, ajoutant :

« Elle a dû vous approuver, pour vous louer cette maison. »

Rynn buvait son thé avec une précision que le policier, à son avis, devait juger tout à fait britannique.

« Je suppose, hasarda-t-elle, qu'elle nous a acceptés parce que mon père est un poète. Voilà un de ses livres. Là, sur la cheminée. »

Miglioriti fut soulagé d'avoir l'occasion de poser sa tasse. Il plongea sous son ciré trempé et il essuya soigneusement sur son mouchoir ses grosses mains avant de prendre le mince volume.

« C'est lui qui a écrit ça ? » demanda-t-il, saisi d'admiration respectueuse.

Rynn l'observait, au-dessus de sa tasse. Il était comme un ours énorme examinant une fleur. Il tournait les pages lentement, visiblement impressionné.

« Je regrette que mon père soit en train de traduire, en ce moment. Quand il travaille dans son bureau à ses traductions et que cette porte est fermée, j'ai l'ordre de ne pas le déranger, quoi qu'il arrive. »

Les mains géantes tournaient délicatement les pages, une à une.

« Vous aimeriez qu'il vous dédicace un exemplaire ? »

La figure du policier s'illumina.

« Je vous crois... s'il en a un dont il ne fait rien. »

Tout, chez cet homme, plaisait à Rynn, même la capuche absurde sur sa casquette. Elle avait adoré sa façon de prendre le livre ; il tenait à montrer qu'il le respectait, qu'il comprenait que c'était quelque chose de précieux.

« C'est le premier auteur que je rencontre. »

Rynn but un peu de thé.

« Il sera heureux d'apprendre que nous avons fait connaissance. Mon père dit qu'il est toujours bon de bien connaître la police locale.

— Je sais que ces poèmes-là doivent être merveilleux, mais vous ne rirez pas si je vous dis quelque chose ?

— Je vous le promets.

— Eh bien, je n'arrive pas à croire que les gens aiment vraiment la poésie. Je ne parle pas des trucs sur les cartes d'anniversaire, tout ça, mais vous savez... la poésie, quoi. Des trucs qui ne riment même pas. »

Rynn oublia sa dent écornée et sourit en cet instant merveilleux où des inconnus découvrent qu'ils partagent autre chose qu'un accord tout simple, où ils parviennent à partager leur intuition. Quand elle se rappela la dent, elle referma vivement la bouche sur le sourire.

« Je ne me moque pas de vous, dit-elle. Je lui posais la même question, dans le temps. La plupart des gens aiment des vers qui riment.

— Je dois être comme la plupart des gens, alors.

— Non. Vous êtes franc. Mon père dit que les gens qui affirment aimer la poésie font uniquement semblant.

— Je suppose que vous l'aimez, vous ?

— Je l'aime beaucoup, dit-elle, et puis ses longs cheveux dansèrent quand elle secoua la tête pour rectifier. C'est un pléonasme. Le verbe aimer se suffit à lui tout seul. Beaucoup ne fait que l'affaiblir. J'adore les mots. La plupart des gens n'y font pas attention.

— Vous devriez écouter certains témoins. La déposition la plus simple, neuf fois sur dix ils ne font que l'embrouiller. »

Si Mrs. Hallet avait envoyé cet agent, *qu'attendait-il pour lui dire ce qu'elle voulait ?*

« Il doit être bon. Votre père.

— T.S. Eliot le disait. Mon père connaissait Sylvia Plath quand elle était la femme de Ted Hughes. Entre tous les poètes anglais vivants, c'est Hughes que je préfère. Il aime Emily Dickinson, lui aussi. Celle-là, c'est mon idole. »

Rynn ferma les yeux.

Elle se mit à réciter. Sa voix ne ressemblait en rien à celle de tous les professeurs que Miglioriti avait entendu lire des vers à l'école ; elle était naturelle, claire, pas le moins du monde affectée. Elle n'essayait pas de donner sa propre signification aux mots, elle les laissait simplement dire ce qu'ils avaient à dire.

« La lumière prend un certain penchant
Les après-midi d'hiver...
Qui oppresse comme la puissance
Des orgues de cathédrales...

C'est une blessure céleste...
Qui ne laisse pas de cicatrices
Mais un changement intérieur,
Une nouvelle signification...

Nul ne peut l'enseigner, personne...
C'est le sceau du désespoir...
Une impériale affliction
Surgie des airs...

Quand elle vient le paysage écoute...
Les ombres retiennent leur souffle...
Quand elle s'en va c'est comme le
[*lointain*
Sur la physionomie de la mort... »

Dans le foyer une bûche calcinée se brisa et retomba dans une gerbe d'étincelles. Rynn souleva le couvercle du coffre à bois, prit le tisonnier, et repoussa les morceaux de bûche parmi les braises rougeoyantes.

« Vous aimez ça, aussi ?

— « Les ombres retiennent leur souffle »... Oui, ça me plaît bien. »

Elle lui sourit sans ouvrir la bouche.

Miglioriti reposa le livre sur la cheminée.

« C'était bien, surtout, comme vous le récitiez.

— J'adore la musique de ces mots. Comme j'adore « Miglioriti ».

Le jeune homme rougit. Bizarre. Son père lui avait toujours dit qu'il était impossible de décontenancer un Italien.

« Comme je vous le disais, je n'ai jamais rencontré de poète.

— Mrs. Hallet non plus. J'ai l'impression que ça l'excite beaucoup.

— Vous êtes ici depuis le mois de septembre ?

— Depuis le jour où nous avons vu le jardin flamboyant de zinnias. Rouges et or et violets et blancs orangés... Nous avons vu d'abord les zinnias. Et puis j'ai entendu l'océan. Et les arbres. Vous savez qu'ils parlent ?

— C'est pas comme certaines gens d'ici. »

Rynn sourit pour montrer qu'elle comprenait sa plaisanterie.

Il sourit aussi, largement.

« Alors je suppose que vous aimez être ici, hein ?

— J'adore cet endroit.

— Ça va, à l'école ? »

Rynn réprima un sursaut, maîtrisa sa panique. Elle haussa les épaules.

« Ça peut aller.

— C'est jamais facile d'être la nouvelle. Les gens d'ici doivent paraître plutôt froids, au début.

— Oh ! ça va...

— Quand vous aurez passé plus de temps dans le coin, dit l'homme en souriant pour indiquer qu'il plaisantait toujours, vous les verrez devenir encore plus froids. »

Rynn oublia sa dent et se mit à rire franchement. Quand elle vit que le colosse l'observait, elle referma vivement la bouche.

« Vous êtes très drôle. Pour un agent de police. »

Il lui demanda si elle voulait dire drôle-bizarre, ou drôle-ha ha. Elle lui répondit qu'il était le policier le plus ha-ha qu'elle avait jamais rencontré.

« La plupart des flics américains ne boivent pas de thé non plus, vous savez ? »

Il regardait autour de lui, examinait la pièce.

« C'était la maison des Wilson, dans le temps.

— Et vous allez me raconter qu'elle est hantée ?

— Pas question. Les gens les plus heureux que j'ai jamais vus.

— Jusqu'au jour où, dit la petite fille en levant un doigt et en prenant un ton sépulcral convenant à une histoire de fantômes, ils sont morts de morts grotesques, mystérieuses et extraordinairement hideuses !

— Non. En fait, ils ont hérité un ou deux millions de dollars et sont partis vivre en France, sur la Côte d'Azur.

— Bravo ! Je savais que c'était une maison porte-bonheur ! »

Elle considéra l'homme en ciré luisant, debout devant la cheminée.

« Ça me plaît bien, de savoir que vous êtes de la police.

— Merci, répliqua Miglioriti avec un bon sourire, presque enfantin. Ça vaut tout de même mieux que de se faire traiter de cochon. Enfin, ça vous plairait, à vous, d'être traitée de cochon ? De nos jours, les gosses ne respectent plus la loi. »

Rynn aurait aimé pouvoir lui demander d'ôter cette ridicule capuche de plastique, et de se débarrasser de son ciré. Mais maintenant qu'il avait fini son thé elle n'osait pas l'encourager à s'attarder. Elle se rappela qu'elle ne devait pas trop apprécier cet homme. Sa présence posait toujours une question restée encore sans réponse.

Miglioriti reprit sa tasse et sa soucoupe.

« Dans l'ensemble, le village n'est pas mal, pour y vivre. Mais ne laissez pas Mrs. Hallet vous asticoter. Elle va essayer. Comme je disais, elle s'imagine que c'est elle qui dirige tout.

— Et c'est vrai ?

— Parfois je le souhaiterais.

— Ce qui veut dire ? »

Avec une hardiesse qui la surprit elle-même, Rynn regarda le policier dans les yeux, avec une expression exigeant une réponse.

« Rien. C'est tout. »

Il en avait trop dit, et maintenant il se tenait sur ses gardes.

« Vous faisiez allusion à son fils ?

— Vous l'avez déjà rencontré ? »

Rynn parla très posément, mais cette fois sans regarder l'agent en face.

« Il a dit que j'étais une très jolie fille.

— C'est vrai. »

L'homme choisissait ses mots avec prudence.

« Mais ça ferait un meilleur effet dans la bouche d'un garçon de votre âge.

— C'est un déséquilibré sexuel ? »

Miglioriti chercha un endroit pour y poser sa tasse.

« Que puis-je faire de ça ? »

Rynn le soulagea de la délicate porcelaine.

« Il a deux enfants, dit-elle.

— Ouais », fit l'agent, pas convaincu du tout.

Elle se rappela son impression, sa surprise à l'idée que l'homme à la figure et aux mains roses pût être un père. Sa propre hardiesse l'étonna encore une fois.

« Ils sont vraiment à lui ? »

Elle crut d'abord que Miglioriti n'allait pas répondre. Quand il se décida, il parut s'adresser à une grande personne, capable de comprendre la pleine signification de ce qu'il disait.

« Ceux de sa femme. D'un premier lit.

— Autrement dit, Mr. Hallet est le genre d'homme qui essaie de donner des bonbons aux petites filles ? »

Miglioriti ôta sa casquette et passa ses gros doigts spatulés dans ses épais cheveux noirs bouclés. Il ne répondit pas. Il secoua la tête, feignant de ne pas comprendre.

« Vous venez d'où, vous disiez ?

— De Londres, principalement.

— Je suppose que les gosses grandissent vite, dans les grandes villes. »

Elle finit son thé et alla porter sa tasse et sa soucoupe dans la cuisine, avec celles de l'agent.

« Mon père et moi nous avons vécu un peu partout. Nous avons connu des tas de gens. »

Elle porta le plateau du thé vers l'évier. Elle regardait par la fenêtre le jardin, plein d'herbes folles et de fleurs fanées.

« Pourquoi ne soigne-t-on pas Mr. Hallet ?

— Comment, par exemple ? »

Elle s'aperçut que l'agent la laissait diriger la conversation.

« La psychanalyse, ça existe. »

Ce fut à présent au tour de Miglioriti de parler, et il allait avoir du mal à ne pas en dire plus qu'il ne le voulait, car la petite fille et lui partageaient toujours cette insolite intimité faite d'intuition.

« Il y a deux endroits où les gens qui sont ici dans l'île depuis trois cents ans ne vont jamais. Ils ne vont pas chez les psychanalystes, et ils ne vont pas en prison. »

Rynn faisait couler de l'eau sur la vaisselle.

« Je vous donne ma parole d'honneur que je n'accepterai pas de bonbons d'un inconnu. »

Elle ferma le robinet, s'essuya les mains et se retourna.

« Je suis contente que vous soyez passé.

— Sauf que je ne vous ai pas encore dit pourquoi je suis venu. »

Rynn espéra que le choc qu'elle éprouvait soudain ne se voyait pas. Elle fit un effort pour regarder l'homme en face. Elle attendit.

« Vous aimez la dinde ?

— Je dois répondre oui ?

— Vous n'y êtes pas obligée.

— Si vous voulez la vérité, c'est non. Pas tellement, dit-elle, et aussitôt elle sentit qu'elle devait donner une raison à cet homme si sympathique. Les oiseaux sont des reptiles. Ils l'étaient dans la nuit des temps, biologiquement. Vous saviez ça ?

— Ma foi non, dit-il en se recoiffant. Alors vous ne voulez pas de billets de tombola ?

— Vous voulez dire que si mon père et moi nous achetons des billets, nous pourrions gagner une dinde ?

— Neuf chances sur dix, vous ne gagnerez rien, répliqua-t-il, mais sa tombola semblait lui tenir au cœur. C'est pour Thanksgiving. Vingt-cinq livres minimum. Bien sûr, ça fait beaucoup de dinde, si on n'aime pas ça... Et votre père ? ajouta-t-il en souriant, s'apprêtant à partir. Il aime la dinde ?

— Encore moins que moi. Nous prendrons deux billets.

— Chic alors, s'exclama le jeune agent, en ôtant de nouveau sa casquette pour passer sa grosse main dans ses cheveux brillants. J'ai horreur de faire ça, vous savez ? J'aimerais bien mieux être au stade. J'ai toujours l'impression d'aller faire chanter les gens.

— Pas du tout, affirma Rynn, très mondaine. C'est pour la bonne cause. Chez nous en Angleterre vous seriez surpris du nombre de choses pour lesquelles la reine vend des billets. »

Miglioriti contempla la petite fille. Elle soutint son regard et son sourire fut assez large, pendant une seconde, pour révéler la dent ébréchée.

« Combien les vendez-vous ?

— Pour deux ? Ça fera deux dollars.

— Attendez un instant. »

Rynn courut dans l'escalier, qui débouchait à côté de la porte fermée du bureau.

Resté seul dans le salon, Miglioriti se hâta de passer dans le vestibule et alla gratter à cette porte. Personne ne répondit. Il voulut tourner le bouton, mais c'était fermé à clef. La voix de la petite fille descendit du premier étage.

« Un. Deux dollars... »

Elle dévala l'escalier, deux marches à la fois tout en dépliant des billets, tandis que Miglioriti tirait de sa poche un carnet à souches et en détachait deux feuillets.

« Et si mon père et moi n'avons pas de chance du tout, dit Rynn en riant, nous gagnerons une dinde de vingt-cinq livres ? »

Ils éclatèrent de rire tous les deux.

Miglioriti était radieux.

« Comment se fait-il que les gosses anglais soient toujours aussi polis ? C'est pas eux qui nous traiteraient de cochons ! »

Rynn plia les billets de tombola. L'agent souriait toujours en rangeant le carnet dans la poche de sa veste.

« J'aimerais qu'il y ait davantage d'enfants comme vous, par ici. Mon travail serait plus facile, je vous jure. Enfin... Faut que je me sauve pour placer mes billets. Merci pour le thé. Et pour la sympathie. »

La petite fille et l'agent de police se sourirent.

« Remerciez aussi votre père de ma part.

— Je n'y manquerai pas. Aurons-nous le plaisir de vous revoir ? »

Elle avait ouvert la porte.

« Impossible de m'éviter. C'est vraiment un trou, en hiver... Et il pleut toujours !

— Comme chez nous. »

Miglioriti ôta sa casquette pour s'assurer que le couvercle de plastique tenait bon. Il s'en recoiffa et partit.

Sous les arbres ruisselants, il se retourna.

« Merci encore, Miss Jacobs. J'espère que vous ne gagnerez pas la dinde ! »

En suivant des yeux le jeune homme brun, Rynn eut l'impression de perdre quelqu'un. Elle était toujours sur le seuil, contemplant l'après-midi pluvieux, après que la voiture de patrouille eut quitté le sentier.

Pendant un long moment, elle respira l'air froid, lourd du parfum des feuilles mortes mouillées, en songeant à des journées semblables à celle-ci à Hyde Park, quand les arbres dénudés ressemblaient à des dessins à l'encre dans un livre d'enfants.

Une autre voiture déboucha sur le chemin, une longue voiture rouge sombre qui s'arrêta devant la maison. Une portière claqua et la femme en manteau de tweed se hâta vers Rynn, à l'abri d'un parapluie à rayures berlingot rouge vif.

Rynn attendit que la femme au manteau bourru ait presque atteint la porte.

« Bonjour, Mrs. Hallet. »

La femme abaissa son parapluie. Ses yeux

84

bleus si durs se plissèrent dans leur amas de graisse en voyant la petite fille déjà sur son seuil.

« Vous *permettez* que j'entre ? dit-elle froidement.

— Je vous ai invitée. »

VI

RYNN se cramponna au bouton de porte et regarda les souliers trempés de Mrs. Hallet laisser des traces de pas boueux sur le plancher de chêne si bien ciré. En pénétrant ainsi dans la maison pour aller se planter devant le feu, Mrs. Hallet faisait une déclaration... Tous les droits qu'avait réclamés l'enfant lors de la dernière visite étaient maintenant abolis.

La femme tapa le bout en fer de son parapluie sur les dalles du foyer pour secouer l'eau de pluie. Elle ouvrit et referma vivement le tissu berlingot afin d'en faire tomber les dernières gouttes.

« Il ne faut jamais ouvrir un parapluie dans la maison. » La petite fille se rappelait ce que répétait une voisine de Londres, une vieille femme édentée qui se nourrissait de lait condensé et qui, par une journée pluvieuse comme celle-ci, lui avait glapi cet avertissement. Parmi toutes les choses qui portaient malheur, un parapluie ouvert dans une maison était la pire. Rynn se souvenait de la mise en garde, mais se vantait de n'être point superstitieuse. Elle était forcée de reconnaître, à présent, que Mrs. Hallet n'avait pas l'air d'une femme que le malheur oserait frapper.

Laissant la porte grande ouverte à la pluie, pour bien montrer à la femme qu'elle n'entendait pas la laisser rester plus longtemps que le temps qu'il lui faudrait pour emporter ses bocaux, Rynn alla au salon, ferma les rideaux et alluma une lampe. Préparer la pièce pour la nuit avait été une impulsion, un instinct. La femme ne pouvait pas ignorer le changement. La petite fille avait rendu la maison plus petite, plus douillette, plus sienne que jamais.

La pluie crépitait sur le toit, et sifflait devant la porte.

Rynn savait que Mrs. Hallet attendait qu'elle lui accordât toute son attention, avant de parler. Elle savait aussi que cette femme, à contre-jour devant les flammes de la cheminée, considérait avec soin ce qu'elle allait dire. Elles faillirent sursauter toutes les deux quand la voix de la femme résonna, claquant comme le craquement soudain d'une branche morte.

« Ce matin, j'ai parlé de vous au conseil de discipline. »

Cela suffisait, pour commencer. Elle avait fait savoir à Rynn, quand bien même elle était dans sa maison, que c'était à une enfant qu'elle s'adressait.

Rynn s'était interdit de la défier, mais dans sa colère devant cette intrusion elle devait faire un effort pour ne pas hurler à cette figure rose qu'elle savait que c'était un mensonge, un mensonge stupide, que n'importe qui — n'importe quel enfant doué d'une intelligence moyenne — pouvait démolir en apprenant simplement quand avaient lieu des réunions du conseil.

Rynn ne dit rien.

Souvent, elle était stupéfaite par les mensonges des adultes. Des mensonges imbéciles, faciles à déceler. Comment avaient-ils pu oublier à quel point il est difficile de tromper un enfant ? Avaient-ils oublié qu'au jeu du mensonge les enfants les battent à tous les coups ?

Le silence parut interminable, mais quelques secondes à peine s'écoulèrent. La femme ne put résister à l'envie de tourner ses yeux bleus durs vers la petite fille, pour constater le résultat de sa première offensive.

« Quand on a appris votre cas, on a été fort intéressé. »

« *Vous mentez, Mrs. Hallet ! Vous mentez !* », hurla Rynn dans son cœur. Mais elle dit simplement :

« J'allais faire chauffer de l'eau. Voulez-vous une tasse de thé ? »

Sa voix était aimable, aussi neutre qu'elle le pouvait.

Mais Mrs. Hallet n'avait pas la moindre intention de laisser Rynn contrer son attaque avec de bonnes manières.

« Vraiment très intéressé. »

Rynn lutta de toutes ses forces, pour ne pas la traiter de menteuse. Elle mourait d'envie de lancer à cette grosse face trop rose qu'elle savait que le conseil s'était réuni le mardi précédent, qu'il ne se réunirait plus avant un mois. Elle avait envie de hurler à cette vieille menteuse qu'elle savait que lorsqu'elle aurait à affronter la réalité et non pas ces vagues menaces, elle serait assez intelligente, assez hardie pour trouver un moyen d'échapper à leur école. Elle leur échapperait, c'était sûr ! Jamais elle ne jouerait leur jeu !

« Vous ne voulez pas savoir ce que le conseil a dit ?

— Pour le thé, je peux vous offrir de l'Earl Grey ou du Darjeeling. »

La femme referma brusquement son parapluie, foudroya du regard l'enfant qui la dévisageait si effrontément, d'un regard ni doux, ni innocent, ni insolent. Ses yeux, fouillant l'expression impassible de Rynn, hésitèrent, trahirent son incertitude. Cette enfant avait-elle percé le mensonge ? C'était stupide de mentir au sujet de cette réunion, un détail que la petite fille pourrait aisément vérifier. Ridicule ! Ce n'était qu'un bébé! Néanmoins, elle se retira derrière son rempart le plus solide, la force de ses années.

« Je suis venue ici, toute prête à oublier ce qui s'est passé hier. Cependant, je dois avouer que votre ton ne me plaît pas davantage aujourd'hui.

— Dans ce cas je vous dois des excuses, répondit Rynn, en s'apercevant que même à Londres elle n'avait pas eu un accent aussi britannique. Si je vous ai offensée sans le vouloir, Mrs. Hallet, j'en suis sincèrement navrée. »

Naturellement, elle savait très bien que ce n'était pas des excuses que voulait cette femme. Tout comme elle savait qu'elle ne venait pas pour les bocaux.

Mrs. Hallet enroula les rayures berlingot autour du manche de parapluie.

« Ce qui m'étonne surtout, c'est que la plupart des enfants anglais sont si bien élevés, d'habitude. »

Une réflexion aussi hautaine exigeait un regard glacé, un regard capable de changer une enfant en pierre, ou tout au moins de la faire fondre en sanglots.

L'expression de la petite fille ne changea pas.

« Mais dans le fond, vous n'êtes pas *vraiment* anglaise, n'est-ce pas ?

— Quel thé préférez-vous ?

— Vous ne m'offrez pas un verre de ce vin trop doux et trop lourd dont vous vous servez pour vos rites religieux ? »

La figure de Rynn, brillant dans la lueur du feu, était un masque.

Mrs. Hallet fut la première à détourner son regard, sous prétexte d'aller accrocher son parapluie aux rayures voyantes dans le vestibule.

« Vous n'êtes peut-être pas assez âgée pour boire du vin ? » dit-elle en se préparant à un interrogatoire serré.

Elle claqua la porte d'entrée et revint dans la pièce avec ses souliers boueux.

— Vous avez dit à mon fils que vous aviez quatorze ans. A moi, vous avez dit treize. Où est la vérité ?

— J'ai treize ans.

— Et vous êtes intelligente. Comme la plupart des gens de votre race.

— Mrs. Hallet, je vous prie encore une fois d'accepter mes excuses pour ce qui s'est passé hier. »

La femme attendit d'être revenue devant le foyer.

— Avez-vous appris à le dire comme vous l'enseigne votre disque ? »

Elle étendit ses mains devant elle, les présenta à la flamme et parut réfléchir.

« Je crains que ce ne soit pas aussi simple. Plus je pense à ce qui s'est passé hier, plus je suis persuadée que votre père et vous seriez beaucoup plus à l'aise ailleurs, dans un pays où, si j'ose dire, vous pourriez parler la langue que vous semblez préférer. »

La femme prit le tisonnier et agaça les bûches. Ses cheveux métalliques flamboyèrent.

« Au téléphone, vous avez dit à mon fils que votre père désirait me parler. Me voici. Et moi j'ai deux mots à lui dire. Il est là ?

— Oui.

— Appelez-le.

— Il est en train de travailler, de traduire. Il m'est impossible de le déranger... même pour l'agent Miglioriti.

— L'agent Miglioriti travaille pour des gens comme moi, déclara Mrs. Hallet, en soulignant bien que la petite fille ne devait jamais confondre le pouvoir et la loi avec un aimable jeune homme qu'elle-même pouvait embaucher ou renvoyer. Il est grand temps, ajouta-t-elle, que nous reconnaissions tous que nous avons commis une erreur, au sujet de cette maison. »

Les flammes montèrent. Mrs. Hallet se chauffa les mains.

« Au cas où vous vous demanderiez ce que je fais, je vous avertis que j'attendrai ici jusqu'à ce que vous appeliez votre père.

— Vous ne m'avez pas répondu... pour le thé. »

Mrs. Hallet s'accorda un long moment, pour examiner la pièce, comme si les considérations de la veille lui permettaient de la voir sous un jour nouveau.

« Vous vivez ici, tous les deux... au bout de ce

93

chemin... avec si peu de voisins. L'hiver arrive, vous n'avez rien de commun avec nous. Non. Je ne pense pas que ce soit un endroit pour vous. Je n'arrive pas à comprendre comment nous avons pu penser que vous seriez heureux ici...

— Mon père et moi, nous adorons cette maison...

— Un lieu aussi solitaire, pour une petite fille qui est seule la plupart du temps. Non. Je pense que nous allons reconsidérer...

— Nous avons un bail de trois ans. »

Mrs. Hallet frottait ses mains roses.

« Un bail, ça se résilie. Non. Je ne serais pas étonnée si votre père avait déjà décidé d'aller vivre ailleurs, où vous vous trouveriez mieux.

— Il ne faut pas vous faire de souci pour nous, Mrs. Hallet.

— Ça recommence ! Ce ton moqueur. Et ne me regardez pas avec ces yeux si blessés, en prétendant que vous êtes incomprise. Vous essayez de faire croire que vous vous exprimez mal, que votre voix vous trahit. Mais nous savons très bien, vous et moi, ce que vous dites et comment vous le dites.

— Les bocaux sont là, Mrs. Hallet. Sur la table.

— Vous me mettez à la porte ? »

A court de mots, Rynn écouta la respiration oppressée de la femme.

« Appelez votre père ! cria Mrs. Hallet, rageusement. *Tout de suite !*

« — Je vous l'ai dit. Il est impossible de le déranger. »

Mrs. Hallet avait quitté la cheminée et marchait résolument vers la porte du bureau, où elle s'arrêta comme si elle attendait l'avertissement de la petite fille.

Quand elle le lança, ce fut avec une autorité que Rynn ne se connaissait pas.

« N'ouvrez pas cette porte !

— Vous savez aussi bien que moi, déclara Mrs. Hallet, que votre père n'est pas là ! »

Rynn répliqua calmement, posément :

« Ouvrez cette porte, Mrs. Hallet, et je serai obligée de parler à mon père de votre fils.

— Mon fils ? »

La main de Mrs. Hallet lâcha brusquement le bouton de porte. Sa voix était celle d'un animal pris au piège.

« Au sujet de l'autre soir. Je n'ai encore rien dit à mon père. »

Rynn distinguait mal la femme, dans la pénombre du vestibule, mais elle devinait qu'elle rougissait de colère.

« Qu'est-ce que vous pourriez lui dire ?

— Ce qui s'est passé ici. »

Rynn attendit, laissant le silence inculper le fils de cette femme.

« Sa façon d'agir. Apparemment, les gens du village sont au courant... »

Mrs. Hallet surgit brusquement de la pénombre.

« Miglioriti ! C'est un menteur !

— Pas l'agent Miglioriti, Mrs. Hallet. »

Comme pour contraster avec la rage folle de la femme, la petite fille, presque sereine, semblait commander.

« Que vous a raconté ce fichu métèque ?

— Rien, Mrs. Hallet.

— Rien ? Alors qu'il a toujours détesté Frank ? Est-ce qu'il vous a dit qu'avant que Frank l'épouse il avait été l'amant de ma bru ? Et vous voudriez qu'il ne déteste pas mon fils ?

— Il ne voulait même pas me révéler que les enfants de votre fils ne sont pas de lui. J'ai dû le demander.

— Quelles autres sornettes a-t-il racontées ? J'exige de le savoir !

— Même quand je lui ai demandé pourquoi votre fils ne suivait pas un traitement psychiatrique, et pourquoi la police ne faisait rien... »

A ce moment, rien de ce que Mrs. Hallet aurait pu faire n'aurait pu surprendre Rynn. Mais c'était au tour de la femme blême de maîtriser sa rage.

« Pourquoi ferait-elle quelque chose ?

— Alors que votre fils offre des bonbons aux petites filles ? »

Violemment, la femme gifla Rynn à toute volée. La figure écarlate, Rynn courut à la table et poussa le carton de bocaux tintants tout près du bord.

« Vos bocaux, Mrs. Hallet.

« — *Vous allez quitter cette maison !*

— *Ma* maison, Mrs. Hallet. »

Rynn ravalait des larmes brûlantes.

« Avec... ou sans votre père... »

Rynn réprima un sanglot.

« C'est vrai, ce sentier est isolé. Souvent, je suis seule. Mais ça ne m'inquiète pas, Mrs. Hallet. Si cela vous inquiète, vous, c'est un problème que vous feriez mieux de régler avec votre fils.

— Sale gosse ! »

La pluie crépitait sur le toit.

Mrs. Hallet s'approcha de la table et plongea une main dans le carton.

« Pas de caoutchoucs, dit-elle. Sans les caoutchoucs, les bocaux ne peuvent servir à rien. »

Rynn se pencha sur la boîte. Sa main fouilla, fébrilement, remuant les bocaux. Finalement, vaincue, elle referma le couvercle de carton.

La femme la foudroya du regard.

« Je veux ces bocaux immédiatement ! Avec les caoutchoucs ! Cette fois, ne me dites pas de revenir plus tard !

— Vous n'avez pas besoin de ces caoutchoucs ! cria Rynn. Vous ne voulez même pas ces bocaux... »

Mrs. Hallet venait de faire un geste rapide, décisif, mais Rynn ne s'était pas attendue à la voir soudain empoigner la table pour la traîner sur le tapis tressé. Elle se cramponna follement au manteau de tweed.

« *Sortez de ma maison !* »

Les pieds de la table grincèrent sur le plancher.

Mrs. Hallet rabattit le tapis, révélant la trappe. Elle s'escrima sur le verrou, le tira.

La petite fille, tremblante de rage, ne put faire un geste pour la retenir.

La femme souleva la trappe et la rabattit bruyamment.

La colère de Rynn fit place à la terreur. Pétrifiée, elle regarda la femme se pencher, en haut des marches, et regarder en bas, serrant contre elle son manteau de tweed pour se protéger de la bouffée d'air glacé.

Rynn émergea de sa paralysie pour se ruer sur la femme, mais elle tremblait si violemment qu'elle ne put l'atteindre, alors elle poussa un cri, si rageur, si terrible qu'il choquait, dans la bouche d'une enfant aussi jeune :

« *Je vous avertis, Mrs. Hallet !* »

Sa voix avait stoppé la femme devant la porte du bureau, mais cette fois-ci Mrs. Hallet ne se retourna même pas ; elle serra plus étroitement son manteau autour d'elle avant de poser un pied sur la première marche de pierre de la cave.

Rynn frissonnait, presque en transes, et contemplait les cheveux métalliques de la femme et les épaules de tweed brun disparaissant un peu plus à chaque pas. Sur les marches, quand elle fut obligée de baisser la tête pour passer sous les poutrelles de chêne du plancher, Mrs. Hallet porta ses lunettes à ses yeux pour essayer de mieux voir dans l'obscurité.

Encore un pas, et le grincement des souliers sur la pierre se tut.

« Ah ! mon Dieu... »

Ce ne fut qu'un murmure. Puis elle hurla.

Comme si ce hurlement était un signal, Rynn bondit et arracha du mur la porte de la trappe. Elle la laissa retomber, coupant net le cri horrible.

De tout son poids, Rynn se jeta sur les planches de chêne massif, tira sur le verrou de fer forgé, le poussa.

En dessous, Mrs. Hallet tambourinait.

Des coups sourds résonnaient quand Rynn se releva lentement. Chaque coup, semblable aux battements de son cœur, la faisait reculer.

Un cri étouffé, lointain, retentit.

Encore deux coups.

Soudain, alors que Rynn reculait, affolée, quelque chose la heurta, bloquant sa retraite. Osant à peine se retourner, elle tâtonna derrière elle et sa main heurta le fauteuil à bascule qui se balançait en grinçant...

VII

LA petite fille se balançait... Depuis combien de temps ? Elle n'en avait pas la moindre idée. Y avait-il des heures qu'elle avait verrouillé la porte d'entrée et tiré plus encore les rideaux pour que personne ne puisse voir à l'intérieur ? Ou seulement quelques minutes ?

Une bûche tomba dans la cheminée.

La pluie crépita sur le toit.

Elle se balançait, se balançait...

Les ombres des flammes dansaient sur les murs, le feu baissa, la pièce commença à se refroidir.

Assise dans le rocking-chair, elle était aussi inerte que ces pitoyables folles oubliées dans un asile, refermées sur elles-mêmes, pour contempler éternellement le plâtre écaillé des murs, ou le vide. Mais elle n'était pas folle, et son esprit n'était pas vide. Jamais elle n'avait été aussi lucide.

Pendant un long moment, elle s'efforça d'imaginer Mrs. Hallet sous les planches cirées de la trappe. Elle avait entendu des cris étouffés, des chocs, des coups sourds. Depuis des heures, ou seulement des minutes, Rynn n'entendait plus rien. Elle s'interrogeait. Mrs. Hallet, dans cette cave glacée qui sentait les vieux journaux mouillés et qui était pleine d'araignées, s'était-elle assise sur les vieilles marches de pierre ? Non, songea Rynn. Mrs. Hallet resterait debout, et attendrait stoïquement. Même si cela devait durer longtemps.

C'était ce que faisait Rynn, dans son fauteuil à bascule. Elle attendait.

Ses mains étaient moites, imprégnées d'une sueur froide, qu'elle essuya sur son jean.

Il fallait garder les idées claires. Elle en était capable. Après tout, est-ce que tout le monde ne la trouvait pas exceptionnellement intelligente ? Si c'était vrai, alors c'était le moment de le démontrer, de le prouver en réfléchissant comme elle n'avait encore jamais réfléchi. Elle devait prendre une décision, posément, savoir ce qu'elle devait faire.

Première chose : Oserait-elle ouvrir la trappe ? Délivrer Mrs. Hallet ?

Elle se balança, posément.

Tout s'était passé en un éclair, jamais elle ne se serait crue capable d'un geste pareil, mais ce qui était fait était fait, la trappe était fermée.

Pouvait-on le défaire ?

Même si Rynn se couchait par terre et chuchotait par les interstices de la trappe, elle savait qu'elle avait accompli une chose terrible ; même si elle s'excusait, même si elle implorait le pardon de cette femme, que pourrait dire Mrs. Hallet du fond de son oubliette ? Naturellement, là en bas, dans le noir, elle promettrait tout ce qu'on voudrait, n'importe quoi. Bien sûr, Mrs. Hallet jurerait sur tout ce qu'on voudrait que jamais, au grand jamais, sous aucun prétexte elle ne révélerait ce que la petite fille avait fait.

Et naturellement, ce serait un mensonge.

Jamais Mrs. Hallet ne lui pardonnerait.

Mrs. Hallet avec sa grande maison de brique cachée par des rangées de beaux sapins, dressée au milieu de ses belles pelouses ; Mrs. Hallet avec ses amis influents ; Mrs. Hallet qui embauchait et renvoyait des hommes comme Miglioriti... Mrs. Hallet veillerait, si elle devait s'y appliquer jusqu'à sa mort, à ce que la petite fille fût punie. Mrs. Hallet insisterait pour lui faire payer, au maximum prévu par la loi, l'effroyable acte, la chose impardonnable. Le maximum et plus encore.

Cela signifiait quoi ? La prison ? Certainement. Oui. En Amérique comme en Angleterre on envoyait les enfants en prison, des enfants qui avaient commis des délits bien moins graves que de pousser de vieilles dames dans des caves pour leur claquer une trappe dessus. Mrs. Hallet entrerait toutes voiles dehors dans le prétoire entourée d'une demi-douzaine d'avocats et elle se dresserait à la face du monde pour raconter la chose terrible qui lui était arrivée. Le tribunal l'écouterait, scandalisé. Quand ce serait au tour de la petite fille de se présenter avec son avocat commis d'office, pour essayer d'expliquer pourquoi elle avait agi de cette façon, qui la croirait ? Qui pourrait pardonner à une telle enfant ?

« Dommage, Mrs. Hallet, mais parce que vous êtes comme vous êtes, je ne peux pas soulever cette trappe ni vous permettre de gravir ces marches. Il n'y a pas d'autre moyen. Vous *devez* rester dans ce trou, Mrs. Hallet. »

La petite fille continua de se balancer, lentement, régulièrement.

La question suivante. Qu'allait-il arriver à cette femme, là-dessous ? Combien de temps allait-elle pouvoir survivre ?

Réfléchis.

Est-ce qu'elle mourrait de froid ? Non, l'hiver, humide et froid certes, n'était pas encore assez rude pour que l'on pût mourir de froid dans la cave. De faim ? Bien sûr, avec le temps. Mais combien de temps cela demanderait-il ? Rynn avait entendu parler de gens qui jeûnaient, qui faisaient la grève de la faim ; ils vivaient pendant des jours, des semaines sans manger. Avant de mourir de faim, elle mourrait de soif. Quand ? Combien de temps ? Trois jours ?

Le fauteuil se balançait en grinçant.

Réfléchis encore.

Trois jours. Doucement. *Réfléchis.* En supposant que cette femme mette trois jours à mourir. Pendant ce temps, n'importe qui peut venir à la maison. Ils... (« ils » ? Qui étaient « ils » ? Aucune importance.) *Ils* — quelqu'un viendrait frapper. Des gens comme Frank Hallet, ou d'autres grandes personnes... *ils.* Ceux qui ne se donnaient jamais la peine de demander à une enfant de treize ans la permission d'entrer dans sa maison. Ceux qui viendraient marcheraient, Mrs. Hallet entendrait le bruit de leur pas et tambourinerait contre la trappe. Même avec le tapis tiré dessus, et la table ancienne sur le tapis et la trappe, la femme pourrait se faire entendre.

Trois jours.

La petite fille trouva soudain une solution. Elle s'absenterait pendant trois jours. Fermerait la porte à clef et s'en irait. Qui pourrait entrer ? Avec les rideaux tirés, qui pourrait regarder à l'intérieur ? Alors qui Mrs. Hallet pourrait-elle alerter ? Pendant quelques instants la perspective de la fuite calma ses craintes.

Et puis elle frémit brusquement.

Frank Hallet savait que sa mère devait venir cet après-midi. Elle avait téléphoné, elle lui avait demandé de faire la commission. Il viendrait aux renseignements. Nouveau frisson. Il pouvait entrer dans la maison, l'agence de location avait une clef...

Rynn avait la chair de poule ; elle se frotta les bras.

Sans quitter des yeux la trappe, elle quitta son fauteuil et s'approcha de la cheminée pour tendre les mains à la chaleur des braises.

Les yeux brillants dans la lueur du foyer, elle regarda fixement la trappe.

Elle grelottait. Jamais elle n'avait eu si froid, dans cette maison.

Peut-être, se dit-elle, elle aurait moins froid si elle mettait la chaudière en marche.

La chaudière.

La chaudière marchait au gaz. A Londres, le gaz d'une chaudière avait tué un voisin.

« Mais c'était un minuscule appartement, pensa-t-elle. La moquette épaisse bouchait complètement le bas de la porte. Il n'y avait aucune aération... »

Elle contempla les planches cirées de la trappe. Au-dessous, la cave était plus petite encore que ce logement de Londres.

Elle courut à la cuisine, s'accroupit devant le placard sous l'évier, fouilla, déplaça les boîtes de poudre à laver, les bouteilles d'eau de Javel, les bidons d'encaustique et trouva enfin ce qu'elle cherchait, un long tuyau de caoutchouc.

Elle souleva le couvercle de la chaudière, comme l'avait fait le marchand dans son magasin, et le laissa retomber bruyamment.

Elle trouva la veilleuse, là où l'homme la lui avait montrée, la petite flamme bleue. Elle se pencha et souffla, comme elle avait soufflé les bougies de son gâteau d'anniversaire. La flamme vacilla et s'éteignit.

Il ne lui fallut que quelques secondes pour détacher le tuyau du brûleur et le remplacer par le long tube de caoutchouc. Elle le déroula, et alla insinuer l'autre extrémité dans l'interstice, entre la trappe et le plancher.

Là-dessous... Est-ce que la cave était bien étanche ?

La porte de la trappe était en chêne épais, massif, sans la moindre fissure. Mais il y avait la petite fente, tout autour. Il faudrait la boucher.

Rapidement, elle déchira en longues bandes le journal aux mots croisés et, avec un bout de petit bois, elle tassa le papier entre la porte et le plancher. Sur les quatre côtés.

Elle se laissa retomber sur les talons pour examiner son travail.

« Et si quelqu'un vient et sent le gaz ? » Non, se répondit-elle en secouant la tête. « Si c'est bien étanche, le gaz ne peut s'échapper. Il restera là en bas jusqu'à ce qu'il se dissipe... ou je ne sais quoi... »

Pour être bien certaine que le gaz ne pourrait en aucun cas remonter dans le salon, Rynn tassa soigneusement la bourre de papier.

Etanche.

Pourquoi avoir recours au gaz ? Si vraiment

aucun air ne pouvait pénétrer dans la cave, la femme serait asphyxiée de toute façon.

Rynn examina la trappe. Elle savait que la plaque était scellée, mais elle ignorait combien de temps l'air demeurerait respirable. Et s'il y avait une petite fuite infime, une fissure dans un des murs ? Cela ne suffirait sans doute pas à empêcher le gaz d'envahir la cave mais pourrait permettre de survivre. Elle ne pouvait pas courir ce risque.

Elle courut à la chaudière, vérifia l'appel d'air que l'homme lui avait montré, le conduit d'aération. Non, le gaz ne pouvait s'échapper de la tuyauterie.

A présent, il ne lui restait qu'une chose à faire.

Elle se baissa et tourna la manette à fond.

VIII

Rynn ferma la porte sans bruit et donna un tour de clef. Boutonnant jusqu'au cou son épais duffle-coat, elle contempla le ciel entre les arbres. Le monde était encore trempé, comme une aquarelle grise, mais la pluie avait cessé.

Elle enfonça ses mains dans les poches. La gauche fit tinter les clefs contre le portefeuille, l'autre caressa la fourrure tiède de Gordon.

Le froid lui piqua la figure et elle aspira goulûment ; comme si jamais elle ne pourrait se rassasier de cet air frais et humide qui sentait la terre et les feuilles. Elle se promena sous les arbres ruisselants, ses bottes écrasant des glands à chaque pas. Des gouttes de pluie scintillaient sur le lustre des marrons d'Inde. Des zinnias morts accrochaient le bord de son manteau.

Elle tira Gordon de sa poche pour le faire profiter du bon air. Le petit museau rose frémit.

« Respire bien, dit-elle. Tu te sentiras tout propre... »

Ce fut alors qu'elle la vit... Entre les troncs noirs, scintillant dans le crépuscule gris, la Bentley rouge sombre de Mrs. Hallet.

Gordon poussa un petit cri aigu.

Le poing de Rynn serrait trop fort la souris. Un autre cri, l'agitation de petites pattes frénétiques, et elle la remit dans sa poche.

Obéissant à son instinct, comme si elle ferait disparaître la voiture si elle ne la regardait pas, Rynn se mit à courir dans le sentier.

Elle ne se retourna qu'une fois. La Bentley était là, luisante de pluie.

Un écureuil agita les branches d'un orme.

Des feuilles d'or planèrent.

Elle s'efforça de ne plus penser à la voiture, de ne pas chercher ce qu'elle devrait faire pour s'en débarrasser. Devait-elle agir dès aujourd'hui ? N'en avait-elle pas assez fait pour la journée ?

Oui, il fallait faire disparaître cette voiture. Tout de suite. Mais comment ?

A un kilomètre de chez elle, elle entendit des coups d'avertisseur sonores et le hurlement d'une musique rock. Quand le bruit se rapprocha et qu'une voiture passa en trombe au croisement, elle aperçut des jeunes gens de son âge aux portières, agitant des fanions aux couleurs des Wildcats, qui hurlaient leur joie. Ils avaient gagné. Ils étaient heureux et bruyants et jeunes et ensemble ils n'avaient pas un souci au monde.

Aucun de ces gosses ne connaissait la petite fille solitaire au bord de la route jonchée de feuilles mouillées, mais ils agitèrent tous la main.

Rynn leva timidement un bras et le laissa retomber. Le bruit et la musique s'éloignèrent dans l'après-midi brumeux.

Quelques minutes plus tard, très haut dans le ciel, un appel d'oiseaux lointain lui fit lever les yeux et elle vit un vol d'oies sauvages, en V, battant lentement leurs ailes, lentement, et volant vers le sud.

Elle se sentit terriblement seule. Ces gosses heureux, dans la voiture. Leur arrivait-il jamais de se sentir seuls et sans défense ? Sûrement pas. Ils avaient une famille, des amis. Si l'un d'eux avait peur il avait toujours quelqu'un vers qui se tourner, à qui parler. Si l'un d'eux avait à déplacer une voiture il pouvait demander à un frère ou une sœur de l'aider, ou téléphoner à des amis...

Rynn se dit sévèrement qu'il ne servait à rien de s'apitoyer sur son propre sort.

Mais à qui pourrait-elle téléphoner ?

Il ne lui était arrivé qu'une seule fois, au cours de son existence, de se sentir aussi seule au monde. Elle refoula des larmes brûlantes mais un sanglot la déchira. Soudain aveuglée par les larmes et secouée de sanglots, elle fit demi-tour et courut dans le sentier vers sa maison.

En traversant follement son jardin elle se permit un seul coup d'œil à la voiture.

Elle était toujours là, cette horrible Bentley couleur de foie, luisante et mouillée.

Dans le salon, la table ancienne était posée sur le tapis tressé recouvrant la trappe. Rynn, sans ôter son duffle-coat, avait trouvé le numéro de téléphone d'une station-service dans l'annuaire, formait dans la cuisine le numéro, écoutait avec une exaspération croissante la voix à l'autre bout du fil. Elle finit par interrompre, impatiemment :

« Un voisin devait venir la conduire. Mon père compte vraiment trouver la voiture à la gare. Vous savez très bien qu'on ne peut jamais trouver un taxi quand on en a vraiment besoin... Non, je vous l'ai déjà dit, le conducteur n'a pas besoin d'être mécanicien. N'importe quel employé sachant conduire... Dès qu'il le pourra ? Merci infiniment. »

Elle allait raccrocher mais la voix du garagiste la pétrifia.

« Les clefs ? »

La voix de Rynn ne trahit pas sa panique.

« Elles sont au tableau de bord. Je vous attends », dit-elle.

Elle raccrocha et resta immobile, figée, devant le buffet de la cuisine.

112

Il lui fallut tout son courage pour courir dans le jardin.

La Bentley étincelante était verrouillée. Les quatre portières.

Elle rentra dans la maison en traînant les pieds, et verrouilla sa porte avec soin.

Lentement, laissant à son tour des traces de pas humides sur le plancher, elle traversa le salon, tira les rideaux, alluma une lampe et contempla la table, le tapis tressé, passa une main sur le bois ciré comme si elle ne l'avait jamais encore vu. Et puis avec une force surprenante elle saisit un coin de la table et la traîna par terre, les pieds grinçant sur le parquet. Elle rejeta vivement le lourd tapis. Ses doigts fébriles s'escrimèrent sur le verrou rouillé.

Pendant un long moment la petite fille resta à genoux, immobile, rassemblant tout son courage pour soulever la trappe.

Elle dut faire appel à toute sa volonté pour vaincre sa peur, à toutes ses forces pour soulever la trappe et la rabattre contre le mur.

Elle aspira profondément, retint sa respiration et dévala les marches de pierre.

Moins d'une minute plus tard, comme un plongeur à bout de souffle, elle reparaissait les clefs à la main. Haletante, elle balaya les journaux déchirés qui avaient bouché la trappe et les envoya danser au fond de la cave.

Elle rabaissait la trappe quand elle entendit frapper à la porte.

Son cœur s'arrêta.

On ne tambourinait pas. On grattait, simplement.

Fébrilement, elle ferma le verrou, étala le tapis.

Un autre coup. La petite fille sursauta.

« Une seconde ! »

Elle traîna la table sur le plancher, la souleva pour la reposer sur le tapis, en essayant de faire le moins de bruit possible. Dans le carton, les bocaux tintèrent.

Trois nouveaux coups rapides.

« J'arrive ! »

Rynn regarda le plancher. Y avait-il des traînées dans la cire ? Elle s'accroupit et avec le bas de son duffle-coat elle frotta vigoureusement. Elle recula pour examiner la pièce.

Tout semblait en place.

A la fenêtre, elle regarda entre les rideaux. De là où elle était elle ne voyait pas le seuil de la porte.

Elle était dans le vestibule, la main sur le verrou, quand elle vit le parapluie de Mrs. Hallet, les rayures berlingot rutilantes, accroché au portemanteau.

Le visiteur frappa encore une fois.

Ce fut seulement après avoir pris le parapluie pour le jeter derrière le canapé qu'elle osa enfin respirer, et ouvrit la porte.

Elle ne s'attendait absolument pas à ce qu'elle vit. Un homme en chapeau haut de forme

114

luisant et cape noire, une canne à la main.

« Salut », dit gaiement l'homme en noir.

Saisie de stupeur, Rynn le regardait fixement. Une fausse moustache, décollée d'un côté, pendait de travers sous son nez. Ce n'était pas un homme. Ce n'était qu'un garçon. Quel âge pouvait-il avoir ? Seize ans ? C'était un visage d'enfant, une petite figure joviale aux yeux très noirs. Tapotant le chapeau haut de forme avec sa canne, il avait l'air d'un renard farceur, dans un dessin animé qu'elle avait vu.

Le jeune garçon écarta sa cape noire d'un geste théâtral et s'inclina comme sur une scène... comme un prestidigitateur qui venait de réussir un tour et attendait des applaudissements. Il se redressa lentement, ses yeux noirs pétillèrent, un sourire révéla de petites dents très blanches. Ce sourire ressemblait à celui du chanteur sur la couverture du magazine. Trop joli pour un garçon.

« Je suis Mario Podesta. »

La petite fille ne répondit pas.

« Je dois conduire la voiture de votre père à la gare. »

La main de Rynn resta posée sur le bouton de porte.

« Pourquoi êtes-vous habillé comme ça ? »

La cape noire tournoya et la canne tapota le chapeau de soie.

« Je suis, dit-il en s'enroulant dans la cape avec une fierté de matador, un magicien ! »

Rynn regarda la canne.

« Et ça, c'est votre baguette magique ?

— Ma canne, répondit le garçon. Je suis infirme. »

Rynn ne chercha pas à le retenir quand il entra en boitant dans la maison.

« Je suppose que je devrais dire que je suis désolée ?

— Pourquoi ? Vous n'y êtes pour rien. »

Ils se regardèrent, la fille en duffle-coat et blue-jean, le garçon en costume noir luisant.

« Votre moustache est de travers, dit-elle, et elle ajouta vivement : J'aime beaucoup votre cape et votre chapeau.

— Ah ! oui. »

Le garçon lui adressa son merveilleux sourire. Non, sa petite figure pointue n'était pas celle d'un renard ; plutôt d'un elfe. C'était sûrement une créature des bois, surgie de la mythologie. Un faune, peut-être. Seuls les cernes sombres sous les yeux empêchaient le visage d'être parfaitement beau. Les cernes et les plis étaient profonds, douloureusement burinés, dans une figure autrement intacte. Il frappa le plancher avec sa canne.

« Samedi après-midi, alors que tous mes frères jouent au football, je m'en vais faire mon numéro de magicien. Au goûter d'anniversaire d'un gosse de riche.

— Vraiment ? Vous êtes réellement un magicien ?

— Je serais con de me balader déguisé comme ça si je ne l'étais pas, répliqua-t-il, en s'enroulant de nouveau dans sa cape. Bien sûr. Comme Houdini. Thurston. Blackstone...

— Prouvez-le-moi ! cria Rynn et dans sa joie elle sourit en oubliant sa dent ébréchée, mais elle referma vivement la bouche. « Faites un tour magique !

— Tout mon matériel est sur mon vélo. »

Il tendait la main. Que voulait-il donc ?

« Les clefs de la voiture, bon dieu ! »

Rynn retomba brutalement sur terre, en comprenant pourquoi ce garçon nommé Mario était là. Elle laissa tomber les clefs dans sa paume offerte.

« Les voilà, Mario le Magicien. »

Le garçon boitilla vers la porte.

« Je m'en vais laisser la voiture devant la gare, mais pas avec les clefs dessus. Sans quoi elle sera étouffée vite-fait. »

Il considéra la petite fille dont les yeux verts l'examinaient posément. Ses taches de rousseur ressortaient sur la peau très claire. Elle secoua la tête pour rejeter ses longs cheveux par-dessus son épaule.

« Vous ne comprenez pas, hein ? demanda-t-il et il répéta le mot *étouffer*. Ça veut dire voler.

— Comment fera mon père pour avoir les clefs ? »

Le garçon soupira d'un air de dire « comment peut-on être aussi stupide ». Visiblement, non

117

seulement il avait affaire à une étrangère, mais aussi à quelqu'un de pas très futé.

« Votre père. Vu ? »

Elle hocha la tête.

« Vous descendez du train. Vous voyez la bagnole. Mais... elle est fermée à clef. Alors qu'est-ce que vous faites ? Vous vous demandez « Une supposition que je sois une clef de voiture, où est-ce que je serais ? »

— Au guichet ?

— Abracadabra ! »

Rynn sourit, se rappela sa dent cassée, et referma vivement la bouche.

« Vous êtes vraiment un magicien !

— Ha ! Je suis même capable de faire disparaître un poulet entier ! »

La cape voleta et claqua comme un drapeau.

« Je sais où vous avez pris votre nom.

— Ah ! oui.

— Mario le Magicien.

— Ouais ?

— *Story,* dit-elle. De Thomas Mann.

— Mario, c'est mon vrai nom.

— Alors c'est de la double magie. Ça prouve que vous avez aimé ce livre autant que moi.

— Jamais entendu parler. »

Il sortit dans la brume du soir, en se servant de sa canne comme d'un club de golf pour envoyer valser un marron d'Inde.

Rynn le suivit, les mains dans les poches.

« Ecoutez, dit-il, faut que je file sans quoi je

118

serai en retard. Je vais même être obligé de coller mon vélo dans la bagnole pour partir directement de la gare. »

Elle regarda l'absurde petite moustache décollée. Il allait répondre ; mais il se tut et appuya un doigt sur sa lèvre supérieure pour recoller le postiche vagabond. Pour la première fois, Rynn remarqua ses mains. Petites, fines, guère plus grandes que les siennes. Elle avait horreur des ongles rongés, et ceux du garçon l'étaient jusqu'à l'os.

« Vous voulez m'accompagner jusque-là ?

— Où ?

— A la gare.

— Je dois rester ici.

— Ça ne fait rien. »

Le garçon haussa les épaules. Il balança sa canne, décapita quelques zinnias momifiés.

« Combien prenez-vous, pour conduire la voiture ?

— Mon père m'a dit de mettre ça au compte des bons rapports avec les clients.

— C'est très gentil.

— Pas du tout. Les bons rapports avec la clientèle, je vous dis. Il se rattrapera sur un nouveau carburateur ou une connerie de ce genre. »

Il leva les yeux vers les branches nues. Elle sentit qu'il avait encore quelque chose à dire, et elle attendit.

« Vous savez que vous avez une dent cassée ? »

Mario ne chercha pas à adoucir cette déclaration avec un sourire. Il énonçait un fait, carrément, comme il avait dit qu'il était infirme.

« Comment ça se fait que je ne vous vois jamais à l'école ?

— Je n'y vais pas.

— Ah ! non ?

— Non.

— Pas du tout ?

— Je ne suis jamais allée à l'école.

— Vous êtes malade, un truc comme ça ?

— Pourquoi dites-vous ça ?

— Par exemple, vous avez une maladie incurable, ou quelque chose ? Je veux dire, quoi, il vous faut une excuse.

— Parce que je ne vais pas à l'école ? dit-elle en relevant ses cheveux. L'école écrase votre personnalité.

— Vous n'y avez jamais été, alors comment le savez-vous ? rétorqua-t-il en examinant une feuille dorée piquée au bout de sa canne. Moi, ça me manquerait bien. »

Rynn ramassa une feuille à son tour.

« La seule chose qui me manque c'est le cours d'éducation sexuelle. Ce serait amusant de voir comment les Américains parviennent à démolir tout ça. »

Rynn pouffa, en prenant soin de cacher sa dent. Soudain, elle regretta d'avoir parlé ainsi des Américains et d'avoir ri, car Mario se détournait d'elle. Son cœur fit un bond quand il revint.

« Vous savez quoi ? Si vous n'êtes pas vraiment anglaise, avec votre accent, votre façon de parler et tout, alors vous êtes vraiment conne ! »

Le garçon repartit de sa démarche claudicante entre les troncs d'arbres. Rynn le vit examiner la voiture. Il se retourna, et lui fit signe.

Une sorte d'instinct l'empêcha de le rejoindre en marchant dans les feuilles mortes.

« Venez là ! » cria-t-il.

Les poings dans les poches de son duffle-coat, elle courut vers la Bentley. Le garçon fronçait les sourcils ; sa moustache pendait plus que jamais.

« Vous m'avez dit que c'était la voiture de votre père.

— Ce que j'ai *dit*, c'est que mon père en avait besoin à la gare. »

Les yeux de Mario plongeaient dans les siens. Rynn soutint son regard. Le garçon fut le premier à rompre le silence :

« Elle est à elle !

— Ce qui veut dire ? »

Elle suivit des yeux le petit nuage de buée de son haleine, pour bien montrer à Mario qu'elle n'attachait aucune importance à ses propos.

« C'est celle de Mrs. Hallet.

— Ah ? » fit-elle.

Ce n'était pas une parade bien efficace mais elle sentait qu'elle avait fait preuve de l'indifférence voulue.

« Sa Bentley. A peine cinquante mille kilomètres. Je devrais le savoir, c'est mon père qui s'en occupe.

— Elle nous la prête.

— Pas vrai ! »

Le garçon ne souriait pas. Il avait le teint olivâtre de la plupart des Italiens. Pourquoi avait-il des cernes aussi sombres sous les yeux ?

La petite fille se détourna, sous prétexte de décoller de la carrosserie une feuille mouillée.

« Pas vrai, répéta-t-il.

— Vous ne pouvez pas m'accuser de mensonge comme ça. Vous ne pouvez pas savoir...

— Vous croyez me faire avaler n'importe quoi, hein ? Ça ne marche pas. »

La voix de Rynn devint très anglaise, très hautaine.

« Si vous ne me croyez pas, revenez dans la maison. Téléphonez-lui. Posez-lui la question, dit-elle et elle ajouta, comme si elle avait l'habitude de donner des ordres : *Immédiatement !* »

Elle se retourna, et vit les yeux noirs de Mario posés sur elle.

« Elle ne permet même pas à son dingue de fils de la conduire. Pas même à mon père, et c'est pourtant lui qui la met au point ! Même pas pour un essai !

— Eh bien, elle la prête à mon père », insista Rynn avec colère, puis elle changea brusquement de ton : « Ecoutez, vous êtes vraiment très bête, vous savez.

— Dites-moi, ça ne vous fait pas mal à la gorge de parler comme ça ? »

La petite fille devint écarlate.

« Et c'est moi qui suis bête ? Je vous jure ! Enfin quoi, c'est vous qui me demandez un service ! »

Elle prit son portefeuille et en tira une liasse de billets.

« Tenez. Cinq dollars. »

Le garçon se détourna et se dirigea vers sa bicyclette accotée contre un tronc d'arbre.

« Je suis déjà en retard pour mon numéro magique.

— Votre père vous a dit de conduire cette voiture ! »

Les mains sur le guidon, Mario releva lentement ses yeux noirs.

« Qu'est-ce que vous avez ?

— Je n'ai rien ! »

Rynn aurait donné tout au monde pour que sa voix n'ait pas ce ton désespéré.

« Par exemple, à quelle heure il arrive, le train de votre père ?

— Dans un instant.

— Vous voyez ? Il n'y a pas de train avant six heures.

— Ecoutez. Si je vous ai offensé en vous offrant de l'argent, je m'excuse. Mais c'est vrai, au sujet de la voiture.

— Non. Pas vrai. »

Il poussa le vélo dans les feuilles. Il resserra les sangles maintenant un grand sac de toile marqué MARIO LE MAGICIEN et contenant son matériel sur le porte-bagages.

Dans le lointain, un corbeau se plaignit dans le brouillard.

Mario posa sa canne en travers du guidon et se mit en selle.

« Faut que j'aille faire mon numéro. »

Rynn plaça sa botte devant la roue pour la caler, et retenir la bicyclette.

« Vous reviendrez après ? »

Mario la dévisagea.

« Je vous en prie. »

Elle savait que le garçon attendait qu'elle lui révélât la vérité. Elle tendit une main, pour redresser sa moustache, mais il se déroba.

« Je l'arrangerai en arrivant là-bas. »

Rynn considéra le garçon, longuement, le temps qu'il lui fallut pour trouver le courage de murmurer :

« J'ai besoin de votre aide. »

Mario contempla son guidon. Il avait soudain l'air d'un petit garçon.

« Peut-être. Je veux dire, après mon numéro.

— Vous le promettez ? »

La bicyclette roula dans les feuilles et sur le sentier.

Rencontre avec Mario

IX

LE feu pétillait dans l'âtre. La table ancienne était dressée ; deux couverts.

Rynn, épluchant des feuilles de laitue et les laissant tomber une à une dans un saladier, leva les yeux du comptoir de la cuisine vers la cape noire de Mario, accrochée au portemanteau de l'entrée. La bicyclette était appuyée contre le mur. Le garçon avait pris le téléphone, traînant le long fil, et il était assis près du feu ; il téléphonait à sa mère.

« Le nouveau tour a fait un effet bœuf. Je suis toujours au goûter d'anniversaire. Ils m'ont demandé de rester dîner. Un truc simple, des hamburgers et des cocas. Y a des gosses de ma classe qui sont là aussi. »

Rynn coupa une tomate en tranches et les jeta dans le saladier. Elle contempla la silhouette à contre-jour du garçon près du feu. Elle ne lui avait pas demandé de mentir, mais elle était heureuse qu'il y eût songé.

« T'as qu'à dire à Tom de l'emmener à son film idiot, pour changer ! C'est son tour, d'abord. Allez, bonsoir. »

Il raccrocha et rapporta l'appareil à la cuisine en enroulant le fil.

« Ce qu'il y a de chouette, dans une famille nombreuse, c'est qu'on a toujours un petit frère pour traîner votre imbécile de sœur à un film horrible. »

Avec une rapidité et une adresse qui firent l'admiration du jeune magicien, Rynn coupa rapidement un concombre en tranches fines.

« Vous n'avez pas de frères et sœurs ?

— Non. »

Elle se haussa sur la pointe des pieds pour prendre l'huile et le vinaigre.

« Mince. Ça c'est quelque chose que je peux même pas imaginer !

— Voulez-vous allumer les bougies, s'il vous plaît ? »

Elle s'aperçut, en le regardant retourner vers la table basse, qu'elle avait oublié qu'il boitait. Il prit des allumettes dans le coffret à cigarettes.

« Vous fumez ?

— Parfois, dit-elle en goûtant sa vinaigrette.

— Vous n'avez pas peur du cancer ? »

Elle ne répondit pas.

A la table, Mario alluma les bougies, les redressa bien d'aplomb dans les chandeliers d'étain. Les deux flammes vacillèrent et montèrent, scintillant sur les verres et l'argenterie.

Pieds nus, la petite fille apporta un plateau à la table. Elle avait mis le long cafetan blanc brodé de bleu et quand elle surgit de la cuisine dans la lueur dansante du foyer, elle se sentait ravissante. Elle éprouva un certain orgueil en voyant Mario la contempler bouche bée.

La flamme de l'allumette brûla les doigts du garçon et il secoua vivement la main pour l'éteindre.

« Vous vous êtes habillée pour dîner !

— Je me suis changée, c'est tout.

— Très jolie robe. »

Elle baissa les yeux sur le fourreau blanc comme si elle n'avait jamais remarqué qu'il était, en effet, très joli.

« Mon père et moi, nous l'avons rapporté du Maroc.

— Il paraît qu'on fume pas mal de hash, là-bas.

— On fait beaucoup de choses, là-bas, répliqua-t-elle, très blasée.

— Vous en avez déjà fumé ? Du hash ? »

La petite fille posa le saladier au milieu de la table.

« Des tas de fois.

— Vraiment ? »

Mario ne dissimulait pas son admiration. Elle

le trouva si touchant dans son innocente admiration qu'elle secoua la tête.

« Pas vraiment. »

Elle espérait que sa franchise le mettrait à l'aise. Il était trop poli, il cherchait trop à plaire, il s'efforçait trop visiblement d'avoir de bonnes manières. Trop bonnes.

Parce que son attitude était si contrainte, et parce qu'il avait demandé à sa mère la permission de rester à la fête d'anniversaire, Rynn se demanda si ce n'était pas la première fois que Mario dînait ailleurs qu'au sein de sa gigantesque famille italienne.

« Asseyez-vous donc », dit-elle en retournant en courant à la cuisine.

Mais Mario resta debout, comme elle s'en était doutée, jusqu'à ce qu'elle apporte les côtelettes grillées, le broccoli au beurre et les pommes vapeur persillées. Il lui tint sa chaise, et après quelques manœuvres maladroites couvertes, ils l'espéraient, par leur rire, il réussit à installer la petite fille à la table.

L'un en face de l'autre, ils étalèrent leur serviette sur leurs genoux et se sourirent avec un peu de gêne. Elle désigna son nœud papillon noir.

« Vous êtes très habillé !

— Et vous donc ! » répliqua-t-il en indiquant sa robe longue.

Séparés par la flamme des bougies, ils avaient tous deux l'impression de pénétrer dans un

128

nouvel univers impondérable où les hommes et les femmes se mettaient en tenue de soirée pour souper aux chandelles.

« Il nous faut de la musique », déclara Rynn.

Elle courut à la stéréo, et quand la guitare de Julian Bream emplit le salon, Mario leva des yeux ahuris vers la source multiple du son. Rynn éteignit toutes les lumières et la pièce ne fut plus éclairée que par le feu et les bougies.

« Vous voulez du vin ?

— Et vous ?

— J'ai horreur de ça.

— Moi aussi. »

Elle vit que Mario attendait qu'elle s'assît et commençât à manger, alors elle se dépêcha, avant qu'il puisse lui tirer sa chaise. Elle feignit d'attaquer son dîner, afin que le garçon puisse entamer ses broccoli et les pommes de terre. Les légumes étaient plus faciles à manier avec le couteau et la fourchette que les deux côtelettes. Elle savait qu'il l'observait, fasciné par sa façon de tenir ses couverts suivant un usage contraire à celui des Américains. Et elle était ravie de lui montrer qu'une Anglaise n'avait pas la moindre difficulté pour détacher la viande de l'os.

Ils restèrent un long moment sans parler, le silence meublé par la guitare. Finalement, Mario réussit à pousser une bouchée d'agneau sur le dos de sa fourchette.

« Délicieux, dit-il.

— Merci. »

Elle prit l'os d'une main, et le grignota. De nouveau, Mario l'observa attentivement, et suivit son exemple. Elle savait qu'il appréciait davantage le repas, à présent qu'il pouvait mordre carrément la viande.

« Vous êtes vraiment une cuisinière formidable.

— Ça vous étonne ?

— Enfin je veux dire... à treize ans. »

Rynn jeta l'os de la côtelette sur son assiette et il comprit qu'il l'avait vexée. Mais comment ? Elle le foudroyait du regard. Il cessa de rogner son os.

« Vous ne valez pas plus cher que les autres ! »

Mario eut le bon sens de ne pas répliquer.

« Quel âge doit-on avoir avant d'être traitée comme une vraie personne ? La cuisine, ce n'est pas comme un poème qu'une petite cabotine récite devant des grandes personnes, ou un truc de passe-passe que l'on exécute pour des adultes. Bien sûr, que je sais faire la cuisine !

— Je voulais simplement dire qu'il y a même des tas de grandes personnes qui ne savent pas cuisiner.

— Tous les gens qui savent lire peuvent cuisiner. »

Rynn prit son autre côtelette avec les doigts.

La crise était-elle passée ?

« Ma mère ne sait pas, dit Mario. Elle achète la sauce italienne pour les spaghetti ! *Surgelée !* »

Il regarda la petite fille. Souriait-elle ? Il

rêvait de la voir sourire. Il la contempla, entre les bougies.

« Par exemple, nous avons une grosse plaisanterie dans la famille... Votre père et vous, vous avez des plaisanteries personnelles ?

— Bien sûr.

— Eh bien, la nôtre, c'est quand maman est dans la cuisine et prépare le dîner. Nous disons que le dîner se dégèle. Et puis nous ajoutons « mais pas maman ».

La petite fille ne rit pas.

« A cause de tous les trucs surgelés qu'elle achète.

— J'avais compris. »

Le garçon reposa l'os sur son assiette et il essuya soigneusement ses doigts graisseux.

« C'est à se tordre, en principe, dit-il en la regardant. Les Anglais ont une espèce de loi contre le rire ?

— C'était très drôle », dit-elle sans conviction.

Ce fut Mario cette fois qui, vexé, jeta sa serviette sur la table.

« Merde ! »

La guitare de Julian Bream évoquait une nuit d'été en Espagne. Pendant un long moment, Rynn regarda Mario manger son broccoli du bout des dents. Enfin elle parla, presque dans un souffle.

« Mario le Magicien ?

— Ouais ?

— Merci. Pour la voiture.

— Y a pas de quoi.

— Alors mangez votre côtelette.

— Elle est très bonne. »

Mais il ne mangeait pas.

« Vous n'aimez pas sourire, hein ? Vous avez peur de montrer votre dent ébréchée ? »

Manifestement, il estimait que c'était à son tour d'être cruel.

« Ça me regarde.

— Vous croyez que ça me fait quelque chose ? Mon frère aîné s'est fait casser *toutes* les dents en jouant au foot. Il sourit. Il rigole tout le temps comme un dingue.

— Mangez votre côtelette.

— D'accord. »

Mario la prit avec les doigts.

« Je n'étais pas tellement certaine que vous reviendriez, murmura Rynn en grattant une larme de cire chaude sur la bougie.

— Votre gros complexe, déclara Mario la bouche pleine, c'est que vous ne vous fiez pas aux gars.

— Pourquoi l'avez-vous fait ?

— Pourquoi je suis venu ?

— Non. L'autre chose.

— La voiture ?

— Vous n'étiez pas obligé.

— Ça, vous pouvez le dire ! »

Mario se renversa contre le dossier de la chaise. Il revoyait son père dans cette même attitude à la table du souper, exigeant le silence,

132

préparant la déclaration de l'Homme Important. Son père avait l'avantage du cigare.

« Si vous tenez vraiment à le savoir, c'est parce que vous êtes peut-être très intelligente, mais vous êtes idiote. Ecoutez, si vous voulez réellement vous débarrasser de sa voiture garée devant chez vous, pourquoi se donner le mal de la conduire à la gare ? Voyez-vous, le seul truc dans la prestidigitation, c'est de faire la seule chose si simple et si évidente que personne n'y pense jamais.

— Qu'y avait-il d'aussi simple et évident ?

— Quoi de plus simple que de la remettre à l'endroit d'où elle venait ? Vous m'avez dit vous-même qu'elle était à son bureau, et que c'est de là qu'elle est partie. »

Rynn comprenait qu'elle n'avait pas très bien réfléchi à cette partie du plan. Non. Ce n'était pas un plan. C'était un cas d'urgence, et il l'avait aidée. Il avait fait ce qu'elle lui demandait. Il avait fait ce qu'il pouvait. Cependant, elle était furieuse de ne pas avoir de plan, de ne pas être aux commandes, de ne pas prévoir tout ce qu'il y avait à faire.

« Personne ne vous a vu la laisser devant son bureau ?

— Seigneur ! s'exclama-t-il en abandonnant son os de côtelette. Vous vous figurez que j'ai envie d'aller au trou pour avoir étouffé le bien le plus précieux de la vieille Hallet ? Je vous jure, si j'avais été assez con pour me faire pincer, elle

133

m'aurait fait coller en prison pour huit cent vingt-sept ans ! »

Il repoussa bruyamment son couteau et sa fourchette sur l'assiette.

« Enfin quoi, si vous n'avez pas confiance en moi, pourquoi ne vous êtes-vous pas débrouillée vous-même, hein ? Mais vous n'avez même pas assez de confiance en moi pour me dire *pourquoi* je l'ai fait. »

Il croisa les bras.

« Vous l'avez fait pour m'aider.

— Ouais... »

Le garçon haussa les épaules. La simple vérité ne lui semblait plus suffisante, pour couvrir l'énorme risque qu'il avait pris. Et puis il y avait une autre vérité dont il ne parlait pas, qu'il n'avait jamais connu aucune autre fille qui lui avait demandé de faire quelque chose pour elle.

« Vous auriez dû glisser les clefs dans la boîte aux lettres.

— Pas du tout ! »

Rynn picora sa viande, puis elle posa avec distinction son couteau et sa fourchette en travers de son assiette.

« Me voilà, dit Mario, assis là dans sa Bentley, devant sa foutue agence. Dans le foutu noir. En m'efforçant de me rendre invisible. En cherchant à ne pas me faire alpaguer. « Soyons simples », je me disais. Ouais, ça paraît facile, et puis tout à coup, comme ça, ça m'a frappé. D'accord, je ne sais peut-être pas pourquoi

134

Mrs. Hallet n'est pas repartie dans sa voiture, mais il y a une chose au moins que je sais. Jamais Mrs. Hallet n'irait glisser ses clefs dans une foutue boîte aux lettres. Pas au risque qu'elles tombent entre les mains de son cinglé de fils. Elle garde toujours ses clefs sur elle. Les clefs de la voiture sont donc avec elle, là où elle est et c'est Dieu sait où.

— En partant, vous avez verrouillé la portière ?

— Toutes les quatre, dit-il en tirant de sa poche un petit trousseau de clefs qu'il fit tinter sous le nez de la petite fille. Elles doivent être là où elle se trouve. Comme vous ne voulez pas me le dire... Tenez, prenez-les, ces foutues clefs ! »

Le trousseau tomba en tintant dans l'assiette de Rynn.

« Donnez-les-lui, la prochaine fois que vous la verrez. »

Rynn prit les clefs, les balança comme pour s'assurer de leur présence, referma les doigts dessus. Brusquement, comme si elle ne pouvait plus supporter de parler de cette voiture, elle repoussa sa chaise et se leva.

« J'ai envie de vin.

— Moi aussi, répliqua Mario tandis qu'elle courait à la cuisine.

— Rouge ou blanc ?

— N'importe quoi sauf du gros qui tache. »

Une porte de placard claqua. Rynn revint

précipitamment à la table, une bouteille à la main.

« Voilà ! Faites le maître de maison et débouchez-la.

— Très élégant. Pas de capsule en plastique là-dessus. Un vrai bouchon et tout. »

Elle lui tendit le tire-bouchon.

En le vissant dans le liège, Mario cessa de sourire. Maintenant qu'il n'avait pas à la regarder, il était de nouveau sur le point de poser la question qu'elle ne voulait pas qu'il posât.

« Rynn...

— Une règle, avec le vin. Nous ne pouvons pas parler de choses sérieuses. »

Il n'entendait pas se laisser clouer le bec aussi facilement.

« Vous ne m'avez pas dit pourquoi... »

Rynn s'écarta de la table et ses pieds nus esquissèrent quelques pas de danse tandis qu'elle soulevait ses longs cheveux et les empilait sur le sommet de son crâne.

« *Chéri*, roucoula-t-elle, parodiant une Anglaise terriblement « gentry » qui l'avait beaucoup amusée dans une pièce télévisée qu'elle avait vue à Londres, nous avons *là* un cru *extra*-ordinaire, alors je vous en *prrrie*, traitez-le avec le plus *immense* respect !

— Comment se fait-il qu'elle ne soit pas repartie en voiture ? »

Rynn tint à poursuivre sa comédie, en agitant une main théâtrale vers la bouteille.

« Dix-neuf cent *deux !*

— Rynn ? »

Brusquement, elle laissa retomber ses cheveux et sa voix devint étonnamment mordante.

« Je vous l'ai dit. Vous avez fait ça parce que je vous l'ai demandé.

— A vous entendre, c'était une question de vie ou de mort. Vous avez dit que nous n'avions pas le temps d'en parler... à ce moment !

— *Personne ne vous a forcé !* glapit-elle.

— J'ai risqué mon foutu cul pour vous ! »

Elle le toisa froidement.

« Vous avez simplement conduit sa voiture.

— *Pourquoi ne l'a-t-elle pas fait, elle ?* cria Mario avec une autorité toute nouvelle. Ecoutez. Vous feriez mieux de me raconter ce qui se passe. Parce que si j'avais laissé sa bagnole à la gare comme vous le vouliez tous les gens du village l'auraient reconnue.

— Ils auraient pensé qu'elle avait pris le train pour New York !

— Jamais de la vie. Tout le monde sait que Mrs. Hallet déteste New York. Y a trop d'étrangers. Mrs. Hallet ne met jamais les pieds à New York !... Vous ne saviez pas ça, hein ? »

Rynn lui arracha la bouteille des mains, si violemment que le vin éclaboussa le cafetan blanc. Elle remplit un verre et le but d'un trait.

« J'ai horreur de ça, dit-elle en reposant le verre d'un geste brutal.

137

— Vous n'avez confiance en personne, c'est pas vrai ?

— En mon père. »

Le garçon haussa les épaules, et but une gorgée de vin.

« Ouais. Eh bien, bonne chance. »

Un coup d'œil à la petite fille lui apprit qu'elle n'avait pas détecté le sarcasme. Elle avait abandonné la conversation, elle était à des kilomètres de là. Il reprit la bouteille.

« Encore ? »

Elle secoua la tête.

« Vous n'aimez pas ça ?

— C'est aigre. »

Par défi, il se servit et but.

« Une autre côtelette ? »

Quand il répondit il observa Rynn, guettant l'effet que ferait sa question.

« Vous n'en gardez pas pour votre père ?

— Je vous l'ai dit. Il rentrera très tard.

— On pourrait quand même lui en laisser.

— Il dîne à New York. Il reste là-bas.

— Vous ne m'avez jamais dit ça. »

Les yeux de Mario ne la quittaient pas. Elle se leva et alla chercher à la cuisine un autre plat de viande tenu au chaud. Avec une fourchette de service, elle laissa tomber une côtelette dans l'assiette de Mario.

« Je suis heureuse que vous soyez ici », murmura-t-elle.

Elle se tenait debout, à côté de lui. Mario

ne se retourna pas, il regardait fixement l'os rongé.

« Ça vous est déjà arrivé de passer la nuit seule ?

— Des centaines de fois.

— Comme toutes ces fois où vous avez fumé du hash ? »

La stéréo se tut, avec un déclic. Dans le coin, les petites griffes pointues de Gordon grattèrent le grillage de sa cage.

« Vous n'avez pas peur ?

— De quoi ?

— De rester seule ?

— Ça ne vous est jamais arrivé, d'être seul ?

— Avec onze frères et sœurs ? »

Elle alla se rasseoir.

« Vous devez avoir une grande maison.

— Ce que nous avons, c'est un vieux parking derrière le garage. Des caravanes. Le seul moment où nous sommes tous ensemble c'est quand nous nous asseyons tous pour un des dîners dégueulasses de maman. Vous devriez nous voir. Je vous jure ! Sordide.

— Douze gosses plus papa et maman en train de bâfrer ? J'aurais horreur de ça ! »

Il prit sa côtelette et la rongea jusqu'à l'os.

« Ça vaut mieux que d'être seul. »

Rynn se releva et alla à la cheminée.

« Jamais moins oisif que lorsqu'on ne fait rien, jamais moins seul que dans la solitude totale. »

Elle semblait plutôt chercher à se rassurer que

s'adresser à Mario. Il examina son os, et haussa les épaules pour montrer qu'elle ne l'impressionnait pas.

« C'est Cicéron qui a dit ça, expliqua-t-elle.

— Ah oui ? Eh bien, je ne vous ai pas demandé ce que Cicéron a dit. C'est à vous que je m'intéresse.

— Cicéron et moi, nous sommes d'accord.

— Au sujet de la solitude ?

— Précisément. »

Mario se retourna sur sa chaise. La petite fille le regardait.

« Je n'ai pas l'impression que ce soit normal.

— Peut-être pas pour vous.

— Supposons que vous soyez seule ici et qu'il vous arrive quelque chose ?

— Quoi, par exemple ?

— Des tas de choses. N'importe quoi peut arriver. Comme à cette vieille femme de Sag Harbor qu'on a trouvée étranglée avec un collant. »

Mario considéra la petite fille pour voir si elle souriait. Il n'y avait pas le moindre sourire sur le visage pâle tourné vers le feu. Il alla à la fenêtre et jeta un coup d'œil entre les rideaux, dans la nuit noire.

« Vous savez que vous avez une lanterne extérieure ?

— Je n'ai jamais cherché à le savoir. »

Dans le vestibule, Mario trouva un tableau d'interrupteurs. Il les manipula, jusqu'à ce qu'il voie briller derrière les rideaux la lumière d'un projecteur.

« Désormais, laissez-le allumé toute la nuit. D'accord ?

— D'accord. »

Il revint dans le salon.

« Et merci.

— De quoi donc ?

— De vous inquiéter.

— Bof... »

Il alla à l'autre fenêtre et regarda dehors.

« Vous avez un fusil, un pistolet ?

— Non.

— Vous devriez.

— Mon père dit que c'est beaucoup plus dangereux d'avoir une arme à feu que de ne pas en avoir.

— Mon père à moi a un pistolet. »

Rynn alla se pencher dans le coin où Gordon secouait sa cage.

« Vous autres Américains, vous êtes un peuple violent.

— Qu'est-ce que vous voulez que j'y fassé ?

— Finissez votre dîner. »

Mario retourna à la table mais au lieu de s'asseoir il prit sa serviette et la drapa sur son poing. D'un index trempé dans la suie du foyer, il traça deux yeux et une bouche sur ses phalanges pour créer une marionnette qu'il approcha de la figure de Rynn. La bouche s'ouvrit et une vieille femme parla avec un fort accent italien :

« *Signorina*, c'était un dîner merveilleux. *Grazie molto.* »

Rynn se pencha pour répondre à la marionnette.

« Seulement il n'était pas italien. C'était de la cuisine anglaise. »

La voix de la vieille femme changea. La figure se transforma, la bouche édentée s'ouvrit toute grande et une voix si anglaise en jaillit que Rynn applaudit.

« Vous ne dites pas ! Oh ! alors *je dis !* Absolument divin, quoi ! »

Rynn pouffa.

Mario n'avait pas encore réussi à la faire rire franchement, la bouche ouverte.

« Vous êtes formidable ! s'écria-t-elle en battant des mains.

— Ça fait partie de mon numéro. Le roi du spectacle, c'est moi. »

Elle courut à la cage et y prit sa souris.

« Il vous faut un public plus nombreux. Je vous présente Gordon.

— Comment allez-vous, Gordon ? » dit le poing, la dame anglaise.

Rynn embrassa le museau rose.

« Vous ne le trouvez pas adorable ?

— Adorable, assura le poing. Je suis folle de Gordon ! »

Mario jeta la serviette sur la table, essuya la suie sur le dos de sa main et tendit le bras.

« Je peux ? »

Rynn hésitait, en caressant la souris.

« Vous pourriez au moins me confier votre petite bête. »

Elle tendit Gordon à Mario.

« Vous avez des animaux que vous aimez ?

— Seulement mes parents. »

Elle pouffa derechef.

« Oh ! parfait !

— Que je nourris et abreuve régulièrement.

— Ça vous apprend vos responsabilités. »

Ils rirent tous les deux. Rynn embrassa de nouveau le museau pointu de Gordon. Le garçon porta la souris à la table. Les moustaches blanches frémirent lorsque Gordon trouva une miette d'agneau. Côte à côte, ils regardèrent Gordon grignoter, conscients de leur proximité. Ni l'un ni l'autre ne s'écarta.

« Si je vous dis pourquoi je suis infirme, est-ce que vous m'expliquerez le coup de la voiture ? »

La petite fille continua d'observer la souris.

« Non.

— J'ai tant de frères et de sœurs que ma mère a oublié lesquels n'avaient pas été vaccinés contre la polio.

— Vous croyez être drôle ?

— Maintenant vous êtes obligée de me parler de la voiture. »

Rynn s'écarta enfin. Elle jouait un nouveau personnage. Pas une grande dame mais une « cockney ».

«J'ai jamais point eu des frères et sœurs. On était si fauchés que mon papa il devait prendre des vieux journaux, même des manuscrits, pour faire des couches.

— N'importe quoi pour éviter de dire la vérité. C'est ça ? »

Elle alla à la cuisine, comme pour couper court à d'autres questions.

« Voulez-vous un dessert ? Il y a une glace superbe. A la pêche.

— Je n'en peux plus.

— Gordon non plus. Regardez-la ! »

Les pattes roses aux griffes acérées grincèrent sur la table, jusqu'au bord, les yeux roses se levèrent vers la petite fille. Elle reprit la souris dans sa main.

« Dans la voiture... dit-elle d'une voix dégagée.

— *Sa* voiture ? rectifia Mario, bien décidé à ne pas laisser Rynn s'en tirer comme ça. Vous parlez d'une bagnole. Des sièges en vrai cuir ! Je veux dire, on risque pas de trouver des saintes Vierges en plastique sur le tableau de bord d'une voiture pareille !

— Dans sa voiture, reprit-elle en reportant Gordon à sa cage, et cette fois elle ne se laissa pas interrompre, avez-vous laissé des empreintes ? »

Quand Mario boitilla vers le vestibule où sa cape était accrochée, Rynn fut de nouveau choquée. Elle avait encore oublié qu'il avait besoin d'une canne. Elle le vit tirer une paire de gants d'une poche. Agitant ses deux mains gantées il revint vers elle en claudiquant.

« Passez muscade ! Pas d'empreintes !

— Mario le Magicien. »

Il écarta les bras, comme un artiste se présentant au public.

« En chair et en os ! »

Il exécuta une passe de torero avec sa cape et la jeta par-dessus une épaule.

Rynn applaudit.

« Faites un tour !

— Mesdames et messieurs, je vais à présent faire disparaître une automobile ! »

La petite fille feignit de bâiller d'un air extrêmement blasé.

« Mais vous l'avez déjà fait.

— Alors, regardez ! C'est moi qui vais disparaître !

— Vous en êtes capable ?

— Le plus grand magicien du monde ? Fermez les yeux et comptez jusqu'à trois.

— D'accord. »

Le garçon ne bougea pas.

« Fermez-les bien. Prête ? »

Rynn hocha la tête.

« Un, dit Mario en regardant autour de lui et en avisant le canapé. Deux, ajouta-t-il en s'y dirigeant vivement pour se cacher derrière. Trois ! termina-t-il de sa voix désincarnée et sépulcrale de ventriloque. Vous pouvez maintenant ouvrir les yeux. »

Rynn obéit et le chercha. Elle éclata de rire, et battit des mains. Puis elle se tut brusquement.

« Mario ? demanda-t-elle avec un rien d'appréhension. Mario... Vous pouvez réapparaître ? »

Le silence ne dura qu'un instant, avant son appel suivant, aigu et craintif.

« *Mario !* »

Elle fouilla la pièce du regard. Elle courut jusqu'à l'escalier.

« Mario ? »

Elle avait atteint la porte du bureau et allait tourner le bouton quand Mario, surgissant derrière le dossier du canapé, ouvrit brusquement le parapluie à rayures berlingot de Mrs. Hallet et le souleva très haut.

« Mary Poppins soi-même ! »

Pour Rynn, le jeu de la peur, l'excitation avaient pris brutalement fin. Elle courut vers le garçon. Sa voix ne fut qu'un cri :

« *Donnez-moi ça !* »

Cependant Mario, encore tout à son jeu, ne comprit pas qu'elle avait cessé la comédie. Le cri de Rynn le fit rire. Quand elle réclama de nouveau le parapluie, il crut qu'elle imaginait une nouvelle péripétie. Il la taquina, ouvrit et referma le parapluie sous son nez, le lui tendit, le reprit.

« Venez le chercher ! »

La petite fille sauta sur le canapé et chercha à s'emparer du parapluie à deux mains, mais Mario l'agitait, le secouait, le soulevait hors de sa portée. Allant et venant sur les coussins, elle tendait des bras désespérés.

« Assez ! » glapit-elle, la voix dure, le souffle court.

Les plis rayés, comme une bête sauvage qui lutte et se défend, s'ouvraient et se refermaient.

Elle sauta du canapé et repoussa le garçon vers la cheminée, dans le coin où Gordon grattait dans sa cage. En larmes, les bras fous, les mains se refermant sur du vide, Rynn était maintenant folle de rage et de terreur.

« *Donnez-moi ça !* »

Dans un éclat de rire, Mario s'échappa du coin, repoussa Rynn et voulut courir le long de la table basse. Sa canne tomba bruyamment. Il trébucha et s'étala tout de son long. Rynn se jeta sur lui, tentant de lui arracher le parapluie. Ils se relevèrent, enlacés, en se débattant. Le garçon lui prit un poignet, fit une prise qui immobilisa Rynn contre lui. Sa cape retomba sur eux tandis qu'elle se débattait frénétiquement pour tenter de saisir le parapluie.

Le feu grésillait et les bougies flambaient et leurs lueurs combinées chassaient les ombres dans les recoins. Au-dehors, le projecteur brillait derrière les rideaux.

Rynn se débattait. Rien ne bougeait, sauf les flammes dansantes.

Elle fut la première à le voir. Mario la sentit se raidir dans ses bras, et grelotter.

« Chut, souffla-t-elle. Ecoutez.

— Il y a quelqu'un dehors ! »

Quand Mario la lâcha elle s'empara du parapluie et, sans bruit, souleva le couvercle du coffre à bois où elle le jeta. Silencieusement, elle le referma. Ils s'écartèrent tous deux de la fenêtre.

Mario tendait l'oreille, pour entendre ce qu'il pouvait y avoir là, qui avait d'abord frappé de terreur la petite fille, et qui l'emplissait maintenant de crainte, lui aussi.

« Eteignez les bougies », chuchota-t-elle.

Il tendit le bras vers la table et moucha les flammes. Maintenant seul le feu projetait son rougeoiement dans la pièce, vite absorbé par l'obscurité. Mario se laissa tomber par terre à côté de Rynn et ils se serrèrent l'un contre l'autre, devant le foyer.

Ils regardaient tous deux la fenêtre.

Ils virent alors ce qu'ils redoutaient le plus. Une ombre passa rapidement sur les rideaux.

X

ACCROUPIS, presque enlacés durant de si longues minutes — des heures ? à n'avoir qu'un souffle, à ne pas quitter les rideaux des yeux — qu'à chaque minute écoulée, tandis que leur cœur leur remontait à la gorge, ils furent de plus en plus tentés de croire qu'ils avaient imaginé l'ombre.

Rynn fut la première à se relever. Mario se mit debout plus péniblement, et le seul bruit que l'on entendit lorsqu'ils s'approchèrent de la fenêtre ce fut celui de la canne sur le plancher. Le garçon tendit une main pour écarter les rideaux.

« Attention », murmura Rynn.

Les deux jeunes visages se pressèrent au carreau froid.

« Vous voyez quelque chose ? » demanda-t-elle.

L'haleine de Mario embua la vitre, qu'il essuya avec sa cape.

« Là-dehors... Dans le sentier.

— Quoi ? »

Elle cligna des yeux, pour essayer de mieux voir entre les branches dénudées. Mario arracha Rynn des rideaux, qui retombèrent en se rejoignant. Il parla d'une voix normale :

« Une voiture de police. »

Rynn se laissa aller contre lui avec un soupir de soulagement. Mais presque aussitôt, comme si elle n'osait pas le croire, elle retourna à la fenêtre.

Mario boitilla jusqu'au vestibule et alluma.

Rynn courut vers lui. A la porte d'entrée elle étouffa un cri et recula vivement, car au moment où elle allait tirer le verrou un poing frappa, de l'autre côté.

« Vous voulez ouvrir, ou vous préférez que ce soit moi ? demanda Mario.

— Ouvrez, vous.

— Ça fera meilleur effet si c'est vous. Vous êtes chez vous, quoi.

— Vous êtes sûr que c'est la police ?

— Oui. »

Rynn s'attendait à voir un homme en uniforme. Elle se trouva nez à nez avec un grand jeune homme en veste pied-de-poule noir et blanc et pantalon de flanelle grise, qu'elle ne reconnut pas.

« Sans blague ! s'exclama Mario derrière elle. Vous savez qui c'est ? Mon oncle Ron ! »

L'agent Miglioriti sourit à Rynn et alors elle s'aperçut que c'était lui, en effet. Il avait ce même sourire qui, chez Mario, semblait trop joli.

« Ah ! bonsoir, dit-elle en tendant une main et sans se retourner vers Mario elle expliqua : Nous nous connaissons déjà. »

S'écartant de la porte, elle devint subitement la parfaite maîtresse de maison.

« Je vous en prie, entrez donc. »

Le coup d'œil de Miglioriti engloba Mario, toujours vêtu de sa cape noire. Le garçon, plein d'admiration pour son aisance de grande personne, observait Rynn.

« Nous buvions justement un peu de vin, dit-elle, du ton de la plus accomplie des hôtesses anglaises. Voulez-vous vous joindre à nous ? »

Miglioriti passa ses doigts dans ses cheveux drus.

« Non, merci. »

Mario ôta sa cape.

« T'es pas de service, hein ? » demanda-t-il à son oncle.

L'agent observait le salon, le couvert pour deux. Il se tourna vers son neveu.

« Qu'est-ce qui s'est passé ? demanda Mario avec cette familiarité moqueuse dont usaient souvent les jeunes des Etats-Unis à l'égard de leurs aînés, et que Rynn n'avait jamais connue en Angleterre. Enfin quoi, c'est samedi soir. T'as paumé ta pin-up de la semaine ? »

Miglioriti, pas le moins du monde irrité, répliqua :

« Elle attend dans la voiture. »

A côté de Rynn, Mario fit danser ses mains, décrivant des courbes.

« Il aime celles qu'on croirait gonflées avec des pompes à vélo.

— Priez-la donc d'entrer, invita Rynn.

— Peux pas rester », dit Miglioriti en regardant de nouveau le garçon.

Etait-il agacé de ne pouvoir s'entretenir seul avec la petite fille ?

« Une gorgée de vin, peut-être ?

— Un demi-verre, alors.

— Tu crois que Miss Beau Châssis va t'attendre ? » lança Mario en riant.

Rynn referma la porte et ils s'approchèrent tous les trois de la table. Elle versa un plein verre de vin au policier, qui la remercia.

Un léger silence plana, qui dura une bonne dizaine de secondes, pendant lequel Miglioriti contempla les assiettes, les os de côtelettes, le broccoli froid.

« Elle m'a invité à dîner, expliqua Mario. Elle est vraiment formidable. Elle a tout préparé elle-même. C'était délicieux. »

Miglioriti souleva la bouteille de vin, l'examina comme un enquêteur soupesant un indice dans un roman policier.

« Tu as apprécié le vin, on dirait ? dit-il au jeune garçon.

— Et alors ? Tu vas nous fourrer au bloc pour avoir bu avant l'âge légal ? »

Miglioriti ne s'adressait qu'au garçon.

« T'as de la chance que je ne sente pas d'herbe.

— T'en as ? » riposta Mario, en clignant de l'œil à Rynn, l'air complice.

A présent Miglioriti se tourna vers elle.

« Qu'est-ce que je vous disais ? Pas de respect pour la loi. »

Mario jeta sa cape sur le canapé.

« Tu peux parler de respect, tiens ! Non mais regardez-le, qui se sert d'une voiture de police pour ses sorties personnelles ! »

Le garçon savait avoir marqué un point sur son oncle, et il se permit son plus large sourire.

« Va-t'en te plaindre de la corruption de la police, rétorqua Miglioriti, puis il but et reposa son verre sur la table, tout en examinant les deux couverts. Rien que vous deux ?

— Son père est couché, il dort », dit Mario, un peu trop vivement.

Rynn lui jeta un bref coup d'œil. Miglioriti reprit ses questions, sa voix évoquant nettement le ton d'un inspecteur procédant à l'interrogatoire d'un suspect :

« Tu as fait la connaissance du père de Rynn ? »

Comme pour bien souligner que le garçon était livré à lui-même, qu'il devrait répondre à la question de son oncle, Rynn alla s'asseoir sur le canapé.

Mario prit la bouteille et se versa un verre, à ras bord.

« Bien sûr. »

Rynn sentit son cœur se serrer.

« Il a dîné avec vous ?

— Qu'est-ce que tu crois ? Et d'abord qu'est-ce que ça veut dire, tout ça ? Ça va être la garde à vue, peut-être ? »

Il prit délibérément une chaise, s'assit, et but son vin. Rynn savait que l'agent attendait une réponse plus directe.

« Pas de dîner ?

— Il était si fatigué qu'il est monté tout droit se coucher.

— Je croyais que tu disais qu'il travaillait dans son bureau ?

— J'ai jamais dit ça. J'ai dit qu'il dormait. »

Miglioriti se tourna vers Rynn.

« C'est vrai. C'est Rynn qui m'a dit qu'il travaillait.

— C'était cet après-midi. Quand il a fini sa traduction il est allé la porter en ville.

— L'aller et retour dans la journée, dit Mario. Très fatigant. »

Miglioriti était maintenant devant la stéréo. Il lut l'étiquette du disque. Il pivota et considéra la pièce.

154

« Un souper pour deux. Aux chandelles. Du vin. Très romantique. »

Mario observa son oncle, tout en buvant, mais s'adressa à Rynn.

« Faut pas faire attention, c'est un obsédé sexuel. Il se figure qu'un gars ne peut même pas finir de dîner avec une fille avant de lui sauter dessus. »

Miglioriti braqua sur Rynn son merveilleux sourire.

« S'il n'essaie pas, dites-le-moi et je le ferai déshériter. »

Rynn répondit par un léger rire, pensant que c'était ce que l'on attendait d'elle.

Mario secoua la tête et poussa un gros soupir, comme si l'ignorance de son oncle le navrait.

« Des mots ! s'exclama-t-il d'une voix blasée, à l'intention de la petite fille mais en indiquant bien que son oncle pouvait écouter s'il n'était pas trop vieux pour prendre encore des leçons. Les Italiens parlent beaucoup... »

Miglioriti leva une main. C'en était fini des plaisanteries.

Rynn le comprit tout de suite. En attendant qu'il parle, elle se prépara à répondre à de nouvelles questions sur son père. L'agent voulut savoir pourquoi elle était seule. Elle s'y attendait. Mais elle fut surprise par ce que Miglioriti lui dit ensuite :

« Frank Hallet a téléphoné. »

Le policier s'approcha du feu et tendit les mains à la flamme.

« Vers six heures, reprit-il. Il était inquiet au sujet de sa mère. Il nous a dit qu'elle n'était pas rentrée. Il a rappelé vers huit heures.

— La vieille est probablement en train de fourguer des maisons », lança Mario.

Miglioriti regarda Rynn.

« Mario n'aime pas les Hallet.

— Quelqu'un les aime ?

— D'autres Hallet.

— Faux ! s'exclama Mario. Dis-lui un peu pourquoi il a dû se marier.

— Tu vas nous foutre la paix ? »

Mario se leva, s'approcha du canapé, son verre à la main.

« Demandez-lui donc, dit-il à Rynn, de vous parler de la fois où il a essayé de le foutre au bloc pour avoir entraîné une petite fille dans des buissons. Et après ça, sa mère l'a marié à une barmaid avec deux gosses.

— Ça suffit !

— Pour prouver qu'il était normal.

— Tu te crois malin ?

— Et ce qu'il a essayé de faire, avec cette môme du lycée aux nichons comacs...

— Je te jure, si tu racontes encore une fois cette histoire, je te casse la gueule ! »

Mario pouffa dans son verre.

« Normal ! Mince ! Aussi normal qu'un billet de trois dollars ! »

156

Miglioriti commençait à en avoir assez de Mario, et l'indiqua en s'adressant uniquement à Rynn.

« Quand Hallet a appelé à six heures pour nous dire que sa mère avait disparu, j'ai pensé qu'elle était partie, comme le dit ce gros malin de Mario, avec un acheteur éventuel, pour faire visiter une maison. Quand il a rappelé à huit heures, j'ai commencé à me douter qu'il se passait quelque chose de pas très clair. »

Mario refusa d'être mis à l'écart :

« Comment sais-tu qu'elle n'est pas toujours avec un client ?

— Sa Bentley est devant son bureau.

— Ils sont peut-être partis dans la voiture du client. »

Rynn aurait voulu pouvoir tourner la tête, pour montrer à Mario la confiance que lui inspirait cette réplique. Mais l'agent la démolit aussitôt.

« Si tu connaissais bien Mrs. Hallet, tu saurais qu'elle ne monte jamais dans la voiture d'un inconnu. Elle prend toujours la sienne. Et si tu me demandes pourquoi, je pourrais même te le dire.

— Elle s'imagine qu'on va la violer ? ironisa Mario.

— Elle prend sa propre voiture parce que dans la poche de la portière gauche, à côté d'elle, elle trimballe un Magnum 45. »

Mario haussa les épaules avec indifférence.

« Elle a un permis ? Je parie que non. Alors qu'est-ce que t'attends pour l'embarquer ?

— *Zitti !*

— Ça veut dire ta gueule en italien, expliqua Mario à Rynn. Toujours les brutalités policières, voyez ? J'ai un témoin », déclara-t-il à son oncle.

Encore une fois, Miglioriti s'efforça d'ignorer son neveu pour ne s'adresser qu'à Rynn.

« Hallet m'a dit que vous lui aviez téléphoné. Pour dire que sa mère pouvait venir chercher des bocaux à confitures. »

Miglioriti et Mario attendirent la réponse de la petite fille. Elle se tourna vers le carton poussé contre le mur.

« Ils sont là, ils l'attendent toujours. »

L'agent tira le carton, souleva le couvercle. Les bocaux tintèrent quand il le repoussa du pied.

« Elle n'est pas venue ?

— Après mon coup de téléphone, je n'ai pas quitté la maison. »

Elle réfléchit. A vrai dire, elle avait fait une courte promenade. Personne ne l'avait vue, à part les gosses en voiture revenant du match de football, mais ils n'étaient pas passés assez près pour donner son signalement. Le mensonge tiendrait.

« Je n'ai pas bougé, affirma-t-elle.

— J'ai rappelé Hallet il y a une demi-heure, reprit Miglioriti. Sa femme m'a dit que sa belle-mère n'était toujours pas rentrée.

— Alors tu viens la chercher ici ? » demanda Mario.

Pendant un long moment les deux enfants crurent que l'agent n'allait pas répondre à la question.

« Non, dit-il enfin. Je suis venu parce que j'avais peur que Rynn soit toute seule. »

Ce fut Mario qui demanda tout haut ce qu'ils pensaient tous :

« Et tu as pensé que ce dingue risquait de venir ici ? »

Les doigts spatulés de Miglioriti passèrent nerveusement dans ses cheveux.

« Alors j'ai pris la voiture de patrouille. Ça ne te gêne pas, au moins ? »

Mario écarta les mains, comme un presti-digitateur, rien dans les mains rien dans les poches...

« Seulement elle n'est pas seule.

— Je ne suis peut-être qu'un flic mais j'ai des yeux pour voir.

— Merci », murmura Rynn.

Miglioriti se versa une giclée de vin.

« Tout va bien ?

— Très bien, affirma-t-elle.

— Oncle Ron ? »

L'agent but son vin et posa le verre sur la table.

« Je sais. Tu ne voudrais pas que je dise à tes parents que tu es ici.

— Si tu la bouclais, quoi, dit le garçon en

159

riant, est-ce que ce serait vraiment la chute de la civilisation occidentale ?

— Si tu veux que je t'aide, alors ne joue pas au petit con ! »

Mario porta la main à son cœur : l'innocent injustement accusé.

« Qui joue au con ? »

L'agent se tourna vers Rynn.

« Je ne sais pas. Mais vous, vous pourrez peut-être lui apprendre la politesse. »

Soudain, Mario redevint un petit garçon.

« Tu ne diras rien à papa et maman ? Ils croient que je suis à ce goûter d'anniversaire...

— Parce que c'est ça que tu leur as dit ? Tu t'es déjà incriminé. »

Miglioriti avait retrouvé le sourire, mais uniquement pour Rynn.

« Pour la bonne cause, sans doute, dit-il et puis il reprit son sérieux. Pour Mrs. Hallet. J'apprécierais toute l'aide que vous pourriez m'apporter.

— Je sais, répondit Rynn tout aussi gravement. J'aimerais sincèrement pouvoir vous aider... »

Il était difficile de savoir si ces réponses satisfaisaient Miglioriti, mais il ne semblait avoir plus rien à dire.

« Merci pour le vin. »

Rapidement, il traversa le vestibule et sortit.

Rynn courut et lui cria, de la porte :

« Bonne nuit ! Bonne soirée ! »

Dans la nuit froide sa voix se transforma en buée, et Mario la tira vivement à l'intérieur. Il ferma la porte, porta un doigt à ses lèvres. Ils devaient attendre, en silence, que le policier ait atteint sa voiture, et démarré.

Ce fut seulement en entendant ronfler le moteur que Mario laissa fuser sa peur refoulée.

« Mince ! Ah ! merde. Qu'est-ce que vous dites de ça ? Effrayant, non ? Enfin quoi... »

Mais Rynn s'était éloignée et versait du vin, très calmement. Elle tendit le verre à Mario, qui le vida d'un trait.

« Enfin, je veux dire, comment savoir qui est là dehors. Hein ? »

La petite fille ramassa de petites gouttes de cire molle sur le pied d'un chandelier.

« Il n'y avait aucune raison d'avoir peur. »

Mario cligna des yeux et secoua la tête, comme s'il n'en revenait pas qu'elle parût si posée.

« Vous pouvez parler, maintenant ! Mais vous aviez peur ! Je vous jure, vous creviez de frousse ! »

Pourquoi refusait-elle de partager avec lui l'excitation de l'aventure ?

Mario jeta sa cape sur son épaule. Il se coiffa du chapeau haut de forme. Il brandit sa canne magique.

« Vous avez vu comment j'ai fait disparaître votre père ?

— Vous avez menti.

— Et comment ! Qu'est-ce que vous vouliez que je fasse ? »

Il ne comprenait pas son refus de partager sa peur rétrospective, ni sa froideur, ni pourquoi elle n'admirait pas qu'il eût si bien tenu tête à son oncle.

Rageusement, il s'enroula dans sa cape, tira sur le bord de son chapeau, frappa le plancher avec sa canne. Il se dirigeait vers la porte quand Rynn s'exclama :

« Où allez-vous comme ça ? »

Si elle combattait sa panique, elle le cachait bien.

Il ne se retourna pas plus qu'il ne répondit. Il savait qu'elle le suivait des yeux et il s'appuya sur sa canne pour marcher aussi droit qu'il le put, vers la porte d'entrée.

Rynn se précipita.

Il se retourna. Il souriait de toutes ses dents.

« Simple expérience. Vous ne voulez pas que je m'en aille, hein ? »

Elle secoua la tête.

« Oh ! parfait », dit-il de sa voix la plus anglaise.

Quand il l'enlaça, Rynn rejeta ses cheveux en arrière et pouffa, puis se mit à rire aux éclats. Elle savait qu'il voyait sa dent ébréchée, mais continua de rire. Mario l'imita bientôt. Riant tous les deux ils tombèrent dans les bras l'un de l'autre, et s'enlacèrent plus étroitement.

Mario fut le premier à se ressaisir.

« Ecoutez ! »

Rynn entendit aussi le coup frappé à la porte.

« Bon Dieu, souffla Mario. Il revient ! »

Rynn alla à la porte, posa une main sur le verrou. Elle fit signe à Mario d'observer, de regarder comment elle allait se débarrasser du policier.

Elle ouvrit brusquement la porte.

Frank Hallet se tenait sur le seuil.

XI

Rynn lutta pour maîtriser sa peur. Pour comprendre ce qui s'était passé. L'agent avait frappé à cette même porte, mais il était parti en voiture. L'ombre qu'ils avaient vue passer derrière le rideau n'avait pas été la sienne. Et tandis que Miglioriti buvait du vin dans le salon, Hallet avait rôdé autour de la maison. Il avait attendu.

Sur le seuil, l'homme lissait de longues mèches sur son crâne luisant et dégarni. Ses yeux bleus chassieux trahirent son étonnement quand il vit la bicyclette dans le vestibule. Il se tourna vivement vers le salon et aperçut le garçon vêtu de sa cape.

Hallet ne bougea pas. Derrière lui, dans la nuit noire, les branches dénudées agitées par le vent s'entrechoquaient en grinçant.

Rynn espérait que l'homme ne pouvait voir

ses genoux trembler sous le cafetan. Habituelle-
ment si vive, si calme, si inventive, elle ne
trouvait rien à dire, rien à faire. Quand elle
entendit le bruit sec de la canne, quand elle se
rappela que, contrairement à tous les autres
soirs, elle n'était pas seule, elle bénit Mario en
silence.

De son pas inégal, Mario s'approcha et vint se
placer à côté d'elle.

Soudain Hallet franchit le seuil. Ses souliers
boueux laissèrent des traces sur le plancher. Il
claqua la porte. Ni Rynn ni Mario ne savaient
comment le repousser.

Et maintenant il était trop tard.

Il ne fit aucun geste, aucune menace, il ne
donna aucun ordre, mais à chaque pas qu'il
faisait dans le vestibule Rynn et Mario recu-
laient. Il était là. Il n'avait pas besoin d'en faire
davantage pour leur montrer qu'il était maître
de la place. L'odeur trop forte de l'eau de
Cologne donnait la nausée à Rynn.

Les mains de Hallet généralement roses
étaient maintenant rougies par le froid et il les
frotta et les massa, en avançant vers la bicyclette. Il la considéra comme s'il n'avait jamais
vu pareil objet dans une maison.

Rynn et Mario battaient en retraite dans le
salon, suivant les mouvements de l'homme, tré-
buchant précipitamment quand il avançait.

Hallet ne s'arrêta qu'une fois sur le tapis
tressé. Là, il tira de sa poche le petit tube de

pommade et le passa sur ses lèvres épaisses, laissant une traînée luisante. Comme il avait examiné la bicyclette, il contemplait à présent la pièce, laissant peser son regard sur le canapé, puis sur le fauteuil à bascule, le coffre à bois, la table, comme si c'était la première fois qu'il les voyait. Presque inconsciemment il lissa un repli du tapis avec son soulier de daim. Un pas l'amena jusqu'au mur, et au grand carton. Le soulier le heurta. Les bocaux tintèrent.

« Les bocaux ? » demanda-t-il sans se retourner vers la petite fille.

Elle hocha la tête.

A la table, il prit un des chandeliers d'étain et son index rose tâta la cire encore chaude. Il retourna le bougeoir entre ses mains avant de le reposer à côté des deux assiettes, des verres à vin, des serviettes froissées.

« Deux couverts seulement ? »

Il déboutonna son imperméable, l'ôta et le jeta au garçon surpris. L'homme portait une jaquette de tweed bourru, ressemblant au manteau de sa mère. Le col roulé d'un vieux chandail rouge s'écrasait sous son menton gras. Son pantalon de flanelle grise était plus fripé encore que le soir de Halloween, ses souliers de daim plus crottés.

Aucun des jeunes gens ne répondit à sa question. Apparemment, il n'attendait pas de réponse car il se pencha sur la table basse, et le coffret à cigarettes. Lentement, il prit une gauloise et la tint entre l'index et le majeur. Délibérément, il avança cette main vers Rynn, jusqu'à ce qu'elle soit obligée de reculer pour éviter que la main et la cigarette touchent sa figure.

Que lui voulait-il ? Qu'attendait-il d'elle ? Hallet reniflait. Il tourna la tête, mais ne trouva pas ce qu'il cherchait.

« Votre père n'a pas fumé ce soir ? »

Etait-ce encore une question comme la première, ou bien espérait-il une réponse, cette fois ?

Hallet s'assit dans le fauteuil à bascule. Il claqua des doigts en regardant Mario.

Le garçon, l'imperméable sur le bras, boita jusqu'à la table basse, prit la boîte d'allumettes, la tendit à l'homme.

Il secoua la tête. Non.

Docilement, Mario craqua une allumette et approcha la flamme de la cigarette.

Hallet aspira longuement et laissa la fumée sortir lentement de ses lèvres, silencieux comme une idole devant qui de l'encens brûlait. Il se balança doucement.

Quand Rynn commença à se demander s'il allait enfin parler, il se leva.

« Il fait froid », dit-il en s'approchant du coffre à bois pour y prendre une bûche.

Sa main effleura le couvercle. Mario réprima un cri. Il jeta un coup d'œil à Rynn. Il la vit regarder fixement le coffre, pétrifiée de peur, redoutant l'instant où l'homme soulèverait le couvercle, le moment où il découvrirait le parapluie à rayures berlingot.

Rynn écarta vivement Hallet pour se précipiter vers la cheminée.

« Je vais remettre une bûche », dit-elle d'une voix qui ne trahissait pas le moins du monde les émotions que devinait Mario.

Hallet haussa les épaules et, entendant les petites griffes de Gordon gratter le grillage de sa cage, il s'approcha du coin.

Mario avança pour que Hallet ne puisse voir le coffre. Avec la petite fille, il retira deux grosses bûches d'érable, rabattit vivement le couvercle, posa le bois dans le feu et tisonna les braises. Des flammes montèrent. Rapidement, Rynn le manœuvra pour le faire asseoir sur le coffre. Une des bûches fumait, dans une odeur âcre.

L'homme souleva la souris piaillante de sa cage.

« Gordon ? »

La petite fille hocha la tête.

« Vous aimez Gordon ? »

Elle opina.

« Je vous pose une question.

— Oui.

— Oui quoi ?

— Oui, j'aime Gordon. »

Sa voix était aussi aigre et froide que la nuit extérieure.

Seule la tête de Gordon émergeait du poing

rougi qui la serrait trop fort. Hallet souleva la petite souris jusqu'à ses yeux bleus, jusqu'à ce que le museau rose et blanc frémisse dans la fumée de la cigarette, tandis que les petits yeux rouges affolés cherchaient de tous côtés une issue.

« Je crois que Gordon vous aime », dit Hallet.

De sa main libre, Hallet fit tomber la cendre de sa cigarette, la porta à ses lèvres luisantes et aspira jusqu'à ce que le bout devienne incandescent. Tenant fermement la cigarette, il approcha l'extrémité brûlante de la souris blanche.

Rynn étouffa un cri.

Hallet appuya posément le bout allumé sur un des yeux de Gordon.

La souris piailla lamentablement.

Les mains de Rynn volèrent à sa bouche pour museler un nouveau cri.

« Jésus », souffla Mario.

Tandis que la souris glapissait, la petite fille se jeta sur Mario et enfouit sa figure dans sa cape. Le bras tremblant du garçon entoura ses épaules.

Hallet tira de nouveau sur la cigarette, attendit que le papier s'enflamme autour du bout avant de le presser sur l'autre œil de la souris. Pendant une seconde, il examina Gordon qui se débattait follement dans son poing crispé, puis il la jeta dans le feu.

Il y lança aussi sa cigarette.

Hallet brandit sa main sous le nez de la petite

fille. Des égratignures saignaient dans la paume grasse.

« Cette sale bête m'a griffé. »

Il ordonna au garçon d'aller lui chercher un désinfectant.

« Dans l'armoire à pharmacie, en haut ? » demanda Mario.

Tremblante, Rynn fut incapable de répondre.

Mario claudiqua dans le salon, accrocha l'imperméable dans le vestibule, et monta lentement.

Hallet se tenait devant Rynn, examinant ses égratignures, de l'air satisfait d'un homme qui a accompli son travail. Puis il se laissa tomber dans le fauteuil et se balança en avant vers Rynn, jusqu'à ce qu'elle sente son haleine sur sa figure.

« Bon. Où est votre père ? »

La petite fille marmonna deux mots.

« Je ne vous entends pas !

— Il dort.

— En haut ? »

Elle secoua la tête.

« Je vous demande s'il est en haut.

— A côté », souffla-t-elle.

Hallet retroussa la manche de sa veste sur son poignet et consulta sa montre.

« Il se couche de bonne heure.

— Il a travaillé toute la nuit. A une traduction.

— Ah oui ? »

L'homme parvint à donner à ces deux syllabes

171

une intonation signifiant que c'était peut-être vrai mais qu'il n'en croyait pas un mot.

« Où ? Dans cette pièce ? »

Sa tête indiquait la porte du bureau.

« Oui.

— Combien étiez-vous, pour dîner ? »

Rynn ne parvenait toujours pas à regarder cet homme.

« Vous le voyez bien.

— Je vous pose la question.

— Deux.

— Rien que vous deux ? »

Rynn hocha la tête mais avant que l'homme lance l'ordre auquel elle s'attendait elle ajouta :

« Oui.

— Votre père ?

— Non.

— Non quoi ?

— Mon père n'a pas dîné... »

Elle avait du mal à refouler ses larmes.

« Vous disiez qu'il était fatigué.

— Oui. »

Mario était descendu et entré sans bruit dans le salon. Le flacon de désinfectant à la main il boitilla vers l'homme. Hallet tourna la tête vers lui.

« Bon dîner ? »

Mario, aussi, répondit d'une voix presque inaudible :

« Oui. »

Hallet s'empara du flacon.

« Tout seuls ? »

Le garçon jeta un regard fébrile vers la petite fille comme si, sur sa figure, il pourrait lire ce qu'elle avait dit. Mais elle s'était détournée.

« Non.

— Seuls, mais pas seuls ? »

L'homme passa du mercurochrome sur ses égratignures, avec le pinceau du petit flacon.

« A lui ?

— Qui ?

— Celui dont nous parlons. Son père. »

Hallet examina sa main à la lumière de la lampe.

« Il est dans la pièce à côté, dit brusquement Rynn.

— Pas en haut ?

— Non.

— Vous avez dit en haut.

— Non, pas du tout.

— Pas en haut. »

Hallet acheva de badigeonner sa main. Il vissa le bouchon et tendit le flacon à Mario.

« Là où il travaille ?

— Oui.

— Mais cette fois il ne travaille pas. Il dort. »

Rynn inclina sa tête, puis répondit vivement :

« Oui.

— Mais pas en haut », répéta l'homme comme pour bien s'assurer qu'il avait compris.

Hallet se leva du fauteuil qui continua de se balancer lentement, en grinçant un peu. Devant la cheminée, il ramassa le tisonnier et attisa le feu. Il parla à l'enfant assise sur le coffre à bois, mais un mouvement de son menton indiquait le garçon.

« Lui, c'est ?

— Je suis Mario Podesta. »

Hallet ne se tourna pas vers lui ; il regardait Rynn.

« C'est à vous que je l'ai demandé,

— C'est Mario Podesta. »

Lentement, il tourna la tête vers le jeune homme.

« C'est vrai ? »

Mario acquiesça, puis ajouta vivement, comme l'avait fait Rynn :

« Oui.

— Je vous ai vu dans le coin.

— Mon oncle, dit le garçon. C'est un flic.

— Oui.

— Il vient de passer. »

Hallet claqua des doigts, pour forcer Mario à lever les yeux et à le regarder.

« Pourquoi ?

— Il va revenir.

— Ce n'est pas ce que j'ai demandé.

— Dites-le-lui, murmura Rynn.

— Oui, dites-le-moi, dit Hallet.

— Il est venu parce qu'il a dit que vous lui avez téléphoné. Pour demander après votre mère. Pourquoi elle n'était pas rentrée. Il pensait que vous pourriez venir la chercher ici.

— Pourquoi serait-elle ici ? »

Une main, striée de rouge, fit signe à Rynn de se taire. Il voulait que le garçon répondît.

« Ces bocaux à confitures, là. Elle devait venir les chercher.

— Et ils sont toujours là, dit Hallet.

— L'agent Miglioriti va revenir, déclara Rynn.

— C'est ce qu'il a dit ?

— Oui.

— Je suis sûr, grogna Hallet en s'installant dans le fauteuil à bascule, qu'un de ces jours il reviendra. »

XII

HALLET regarda sa montre.

« Où diable pensez-vous que ma mère puisse être à une heure pareille ? »

Les flammes jouaient sur la figure de l'homme qui se balançait, et Rynn aurait pu jurer qu'il souriait. Il tendit ses mains roses vers le feu.

« L'autre soir, dit-il, la figure illuminée de rouge, vous m'avez dit que vous n'aviez pas de petits copains. »

Ce n'était pas une question directe et Rynn avait déjà indiqué qu'elle ne répondait que lorsque l'homme insistait vraiment. Hallet se désintéressa d'elle et posa la question au garçon :

« Vous êtes son petit ami ?

— Oui. »

L'homme tourna sa figure flamboyante vers la

petite fille, en embrassant d'un geste la table et les deux couverts.

« Vous m'avez dit « pas de copains ». Il me semble que vous en avez, et que vous les invitez même à des soupers intimes. Aux chandelles, et tout. Avec du vin. »

Brusquement, Hallet fit face à Mario.

« Elle est très jeune. Quel âge vous a-t-elle dit qu'elle avait ?

— Treize ans.

— Quatorze ans, treize... Plus jeune que vous, hein ? »

Mario inclina la tête.

« Vous ne connaissez pas de filles de votre âge ? A moins que les filles de votre âge aiment danser ?

— Les bocaux à confitures, dit hardiment la petite fille.

— Oui ?

— Au téléphone, nous avons parlé des bocaux. Ils sont prêts, si vous voulez les emporter.

— Pas maintenant. »

Rynn soupesait chaque mot de cet homme. Voulait-il dire qu'il ne partait pas maintenant et que les bocaux pouvaient attendre, ou que maintenant sa mère n'en aurait plus besoin ? Elle n'avait pas besoin d'examiner la figure rougie par les flammes pour savoir qu'il savourait cette ambiguïté voulue. Le père de Rynn avait eu un ami, à Londres, un avocat qui adorait les complications de la loi et le labyrinthe qu'il pouvait créer avec des demi-réponses, tout autant que son père aimait à travailler avec précision et donner à chaque mot qu'il écrivait sa signification exacte.

« Ma chère maman est peut-être passée, mais vous n'étiez pas là.

— Je n'ai pas bougé de la maison.

— Vous n'êtes pas allée voir le match ?

— Non.

— Le samedi après-midi, tout le monde va au football. Aujourd'hui, les Wildcats ont gagné, déclara Hallet en regardant Mario. Vous saviez ça ?

— Oui.

— Pas une âme au village, cet après-midi. Vrai ? »

Il observait Mario, mais le garçon s'était tourné vers Rynn.

« Vous êtes allé au match ? insista Hallet.

— Non.

— Vous jouez au foot ? »

Devançant Mario, Rynn déclara :

« Je n'aurais pas pu la manquer. »

Hallet ne s'adressait qu'à Mario.

« Je n'ai pas entendu votre réponse.

— Non, je ne joue pas au foot.

— Moi non plus. Le samedi après-midi, j'écoute le Metropolitan Opera. A la radio. Dans le bureau de l'agence. Mais je vois que vous êtes costumé...

— Il fait des tours de prestidigitation, dit Rynn.

— Nous sommes donc deux, au village, à ne pas jouer au football, dit Hallet, et il se retourna vers Rynn. Vous dites que vous n'avez pas bougé d'ici ?

— Oui.

— Vous n'auriez pas pu la manquer ?

— Non.

— Bizarre.

— Vous pouvez les prendre et les lui apporter.

— Les bocaux ?

— Je peux les mettre dans votre voiture, proposa Mario.

— Vous pouvez ?

— J'y vais tout de suite.

— Vous ne pouvez pas. »

De nouveau, l'exaspérante ambiguïté de Hallet, les petites confusions subtiles.

« Ça ne me dérange pas, dit le garçon, signifiant qu'il était à la fois capable de porter les bocaux et qu'il ne demandait pas mieux.

— J'ai dit que vous ne pouvez pas. »

L'homme claqua des doigts vers la boîte de cigarettes et Mario la lui apporta. Puis il reposa le coffret sur la table et craqua une allumette pour donner du feu à Hallet. L'homme aspira profondément. Rynn eut l'impression qu'il ne soufflait pas la fumée mais la laissait s'échapper en volutes bleues qui s'attardèrent autour de sa figure bouffie.

« Pouvez pas. Pas de voiture. Je suis venu à

pied. Ma chère femme a pris le break. La très majestueuse et très rutilante Bentley de ma digne mère est garée devant le bureau, dit-il en aspirant une nouvelle bouffée. Cette chère maman a les clefs. »

Rynn s'interdit de chercher le regard de Mario. Hallet semblait se contenter d'examiner curieusement sa cigarette, comme pour en sonder le mystère.

Une étincelle jaillit de la cheminée et scintilla devant l'âtre. Elle s'éteignit.

Le vent d'automne gémissait autour de la maison. Des branches d'arbres s'entrechoquaient.

A plusieurs reprises, Rynn tenta de rompre le silence, et finit par douter d'être capable de jamais prononcer un mot. Quand elle parla enfin, ce fut en suppliant que sa voix ne trahisse pas la panique qui bouillonnait en elle.

« Il est très tard, Mr. Hallet. Je dois vous demander de nous excuser, à présent. »

A sa profonde surprise les mots sortirent de sa bouche, clairs, précis, posés. Quand l'homme ne parut pas l'entendre, alors qu'il l'avait fort bien entendue, elle profita de l'assurance que lui avait apportée ses propres paroles et poursuivit :

« Que voulez-vous, Mr. Hallet ? »

L'homme fumait. Il jeta un coup d'œil par-dessus son épaule au garçon debout, appuyé sur sa canne.

« Qu'est-ce que vous voulez, vous ?

— Que voulez-vous dire ? bredouilla Mario.

— Ce que j'ai dit, simplement. Que voulez-vous ?

— Est-ce que tout le monde doit vouloir quelque chose ? »

Les doigts roses de Hallet portèrent la gauloise aux lèvres luisantes.

« Naturellement. Pour le moment, nous attendons. Nous attendons de savoir ce que vous voulez, vous. »

Le garçon fit un effort pour marmonner :

« Moi aussi, j'attends.

— Alors nous allons attendre tous ensemble. »

Hallet laissa le silence retomber, un de ces silences assourdissants, presque tangibles, comme de l'eau emplissant sans bruit une citerne. Avec le temps, ce genre de silence pouvait tuer.

« Moi, je dirais que vous voulez ce que tous les petits copains désirent... C'est pas vrai ?

— Non. »

Des sourcils escaladèrent lentement le front rouge et brillant de Hallet.

« Vous n'aimez pas les filles ?

— Si, mais...

— Alors vous ne désirez pas Rynn ? »

Rynn mourait d'envie d'interrompre cet interrogatoire, d'aider le garçon, mais elle savait que Hallet ne ferait pas attention à elle. Ou pis encore. L'homme prendrait tout ce qu'elle dirait

182

de travers, déformerait tout ce qu'elle ferait pour aider Mario, et les prendrait tous les deux dans son piège.

« Petit magicien, dit Hallet, pourquoi ne pas exécuter un tour qui nous ferait plaisir à tous ? Et disparaître ? »

Rynn trouva soudain le regard scintillant de Hallet posé sur elle.

« Dites-lui de rentrer chez lui.

— C'est mon ami.

— Mais pas votre petit ami ? ».

Très satisfait de lui-même, Hallet tira sur sa cigarette. Lentement, il souffla un jet de fumée bleue. Du bout de la cigarette, il désigna la petite fille.

« Dois-je vous dire ce que vous voulez, vous ? »

Rynn ne put se résoudre à lever les yeux vers cet homme.

« On verra ça plus tard. D'abord, je m'en vais vous dire ce que je veux. »

Hallet se leva et s'approcha de la cheminée, pour se pencher sur Rynn assise sur le coffre à bois.

« Je veux savoir ce qui se passe. Ici. Dans cette maison. Je veux savoir ce qui s'est passé. Aujourd'hui.

— Il ne s'est rien passé », réussit à articuler Rynn.

Hallet la dévisagea, comme un maître d'école devant une élève récalcitrante. Le ton de sa voix était aussi condescendant que celui d'un professeur, un ton calculé pour mettre en doute tout ce qu'elle répondrait.

« Toute une journée, c'est bien long pour qu'il ne se passe rien. »

Rynn secoua la tête.

« Rien. »

Toujours pion, jouant toujours le rôle de celui qui recherche la vérité, il ralentissait délibérément le passage en revue des faits, afin qu'aucun détail n'échappât au maître ni à l'élève.

« A l'instant. La police était ici. Ça, c'est arrivé. »

Les cheveux de Rynn dansèrent mais l'adulte ne permettait pas à l'enfant de se réfugier dans le silence.

« La police. Ici. Oui ou non ? »

Rynn hocha la tête.

« *Oui ou non ?*

— L'agent Miglioriti a dit que vous lui aviez téléphoné. Il a dit que vous vous inquiétiez au sujet de votre mère.

— Oui ? insista-t-il avec autorité.

— Il a dit que vous pensiez...

— Oui ?

— Il a dit que vous pensiez que si vous pouviez savoir où votre mère était allée...

— Allée ? Depuis quand ?

— Depuis qu'elle avait quitté l'agence.

— Bien. »

Hallet s'assit sur le coffre à côté de la petite fille qui retint sa respiration.

« Alors qu'est-ce que l'agent a pensé que je pensais ?

— Si vous pouviez savoir où votre mère était allée, vous sauriez où elle est.

— Et vous croyez qu'il a raison ? »

Rynn essaya de hausser les épaules avec non-chalance. Le parfum d'eau de Cologne lui soulevait le cœur.

« Oui ou non ?

— Oui. »

Hallet fuma pendant une seconde ou deux.

« Ce n'est qu'une partie de ce que je veux.

— Il y a les bocaux. »

Hallet n'avait pas besoin de jeter un coup d'œil au carton poussé contre le mur. Les bocaux étaient déjà une présence, aussi pesante que la leur.

« En effet.

— Ils l'attendent.

— Ce qui veut dire ?

— Qu'elle n'est pas venue.

— Faux. Nous allons trop vite, dit la voix de pion. Je dois corriger votre logique. Tout ce que prouve la présence de ces bocaux c'est que... quoi ? Qu'ils sont là, c'est tout.

— Alors je crains de ne pouvoir vous aider.

— Vous voudriez m'aider ? »

La petite fille se détourna de l'odeur d'eau de Cologne et de la fumée de cigarette.

« Oui.

— Alors que suggérez-vous que nous fassions ?

« — Nous appelons la police.

— Déjà fait. On dirait qu'il nous faut un peu plus d'aide. »

Hallet leva les yeux vers Mario.

« Vous voulez m'aider, vous ?

— Oui.

— Alors allez demander à son père de venir nous aider aussi. »

Le garçon sursauta et bredouilla :

« Il... Il dort.

— Dans la pièce voisine ?

— Oui, fit Mario en hochant vigoureusement la tête.

— Dans le vestibule, dit Hallet à Rynn. C'est son bureau ? »

Elle baissa le nez.

« Et il dort là, aussi ? »

Hallet se leva.

« J'ai promis de ne pas le réveiller », protesta-t-elle.

Hallet se dirigeait vers la porte dans le vestibule.

« Nous allons le réveiller et lui demander s'il veut bien nous aider à retrouver ma chère mère. »

Lentement, il fit un autre pas, comme s'il s'attendait à ce que la petite fille bondît pour l'intercepter.

« Dans cette pièce ? Vous en êtes sûre ? »

Mario, sa cape noire volant autour de lui, se rua dans le vestibule, trébucha devant Hallet et lui barra la porte.

186

« Rynn, le téléphone ! »

Au téléphone, la petite fille vit Hallet avancer, dominer le garçon de toute sa masse. Abandonnant son jeu du chat et de la souris il rugit :

« Je t'ai dit de foutre le camp ! »

Mario, n'osant pas le regarder, comme si le regard brûlant de Hallet le ferait hésiter, secoua la tête.

« Sale petit Rital ! Fous-moi le camp !

— Rynn ! Vite ! Courez chez les voisins ! »

Elle raccrocha, se précipita dans le vestibule, mais s'arrêta net, en supputant ses chances d'éviter Hallet.

« Allez-y dit Hallet. Courez donc !

— Vite ! » supplia Mario.

Hallet ne bougea pas, n'alla pas bloquer la porte. Son sourire, souligné par le baume luisant, scintilla soudain dans la pénombre.

« Courir où ? ricana-t-il en indiquant d'un geste qu'elle était libre d'ouvrir la porte. Vos voisins sont absents. Tous les juifs sont en Floride !

— Appelez la police ! » glapit Mario.

Hallet alla au comptoir de la cuisine et saisit le combiné. Il enroula le fil autour de son poing.

« Est-ce que je dois l'arracher ?

— Si vous faites ça, on saura que notre téléphone ne marche pas, fit observer la petite fille.

— Qui va vous appeler, à cette heure-ci ?

— *Posez ça !* »

C'était la voix autoritaire de Mario, qui surprit à la fois Rynn et Hallet, car le garçon semblait fulgurer d'une redoutable énergie que ni l'un ni l'autre n'avait soupçonnée derrière son doux sourire. Il tira brusquement sur le pommeau de sa canne qui parut se casser en deux, avec un déclic. Du fourreau, il tira une longue lame étincelante.

Hallet, médusé par l'épée, reposa brutalement le téléphone.

Lâchant enfin la bride à sa rage Mario trébucha sans canne vers l'homme, l'épée au poing.

« Je suis un Rital. Les Ritals ont des couteaux. Vrai ? »

Hallet recula, évita le jeune infirme, quitta le comptoir et marcha en crabe vers la porte. Une main rose levée réclamait une trêve.

« Ecartez-vous ! cria Hallet dans un hurlement de peur et de colère.

— Rital, hein ? Métèque ? Macaroni ? »

Le garçon enragé se traînait maladroitement vers l'homme.

Hallet pivota pour empêcher son assaillant de le contourner. Il recula, en s'efforçant de rire.

« Un truc ! Une canne truquée ! Une fausse lame...

— Vraiment ? » dit Mario en faisant encore un pas en avant.

La figure rose de Hallet luisait de sueur. Il battit en retraite dans le vestibule.

Le garçon lui brandit l'épée sous le nez.

Hallet faillit tomber sur la bicyclette, reprit son équilibre et se rua sur la porte. Il l'ouvrit et disparut dans la nuit.

Rynn se précipita, claqua le battant et s'y adossa. Elle regardait Mario qui lui imposait silence. Elle hocha la tête, trop soulagée pour parler, trop épuisée pour bouger.

Mario ramassa l'autre moitié de la canne et rengaina l'épée.

« Appelez la police », dit-il.

Dans le vestibule sombre, Rynn resta adossée à la porte.

« Nous ne pouvons pas. »

Une idée soudaine attira le garçon vers le coffre à bois. Ce fut au moment où il allait soulever le couvercle qu'il se rendit compte que Rynn s'était ruée derrière lui.

Elle s'assit sur le coffre.

« Vous ne vouliez pas qu'il regarde là-dedans, hein ? »

Elle rejeta en arrière ses longs cheveux.

« Vous ne voulez pas que je pose de questions sur ce qu'il y a là ? »

Il voulut pousser la petite fille, mais ce ne fut pas sa force qui la fit bouger. Elle se leva, s'écarta, le laissa soulever le lourd couvercle. Plongeant une main parmi les bûches d'érable, il retira le parapluie. Il l'ouvrit d'un coup sec.

« Le sien ? »

Rynn prit le parapluie, le referma, le jeta sur le canapé, puis elle alla à la table où elle attendit, en faisant signe à Mario de la rejoindre et de soulever l'autre bout.

A eux deux ils la portèrent, l'écartèrent du tapis tressé.

D'un pied nu, Rynn repoussa le tapis. Elle s'agenouilla pour s'escrimer sur le verrou, puis elle souleva la lourde trappe. Quand elle fut perpendiculaire, elle la laissa retomber contre le mur.

Elle se leva, descendit une marche, s'arrêta. Elle fit signe à Mario de prendre un des chandeliers d'étain, d'allumer la bougie et de la suivre.

Mario porta la flamme à la petite fille, qui se penchait sur les marches. Immobile, elle attendit que le garçon commence à descendre.

Elle le sentit hésiter. Elle devinait que son instinct lui disait de faire demi-tour, de partir, de s'enfuir, de ne pas descendre ces marches dans le noir.

Au-dessus de la flamme vacillante, il regarda Rynn. Leurs yeux se croisèrent, pendant une seconde à peine. Il détourna le regard.

Rynn attendait que le garçon descendît.

Enfin, Mario fit un pas.

Rynn le suivit.

XIII

« ÇA, c'est pour la chauffer, expliqua la petite
fille tandis que Mario la regardait verser de l'eau
bouillante dans la théière.

— Nous ne buvons pas beaucoup de thé, chez
nous.

— Si vous mettez les biscuits sur une assiette
je les apporterai avec les tasses, sur le plateau. »

Le garçon disposa les biscuits en un double
cercle, examina son travail et parut satisfait.

« Rynn ?

— Mmm ?

— Combien de temps, pour votre mère ? »

La petite fille vida la théière dans l'évier.

« Le 17 octobre.

— Ah ! dites donc... »

Il la regarda jeter quelques pincées de thé
dans la théière.

« Mais je veux dire, quoi, est-ce que les cadavres... »

Elle prit la bouilloire et versa l'eau sur le thé.

« Ne se décomposent pas ? »

Mario, qui avait été incapable de prononcer le mot, hocha la tête.

Dans le placard, Rynn prit des tasses et des soucoupes et lui demanda de les placer sur le plateau. Il obéit, mais il attendait qu'elle lui expliquât comment on empêchait un corps de se décomposer.

« On met des produits dessus, dit-elle en ouvrant le réfrigérateur pour y prendre un carton de lait.

— Ah oui ? »

Elle remplit un petit pot d'argent et le lui tendit.

« C'est formidable. Mais comment avez-vous su faire tout ça ?

— Le plateau est prêt, si vous voulez le porter près du feu.

— D'accord. »

Il lui fut reconnaissant de ne pas demander s'il pourrait porter le plateau et sa canne, et il le soutint avec grand soin, tandis que la petite fille prenait deux cuillers à thé dans un tiroir.

« Rynn ? »

Elle sortit de la cuisine, courut à la table basse, et repoussa les objets pour faire place au plateau. Avec précaution, Mario l'apporta.

« Comment j'ai su traiter un corps comme ça ? C'est ça que vous voulez savoir ? »

Tenant le plateau bien droit, pour compenser sa boiterie, il ne répondit pas.

« Je vous l'ai dit. C'est exactement comme la cuisine. Il suffit de savoir lire.

— A la bibliothèque on trouve des trucs comme ça ? »

La petite fille prit le tisonnier et repoussa une bûche au fond de l'âtre.

« On trouve tout, à la bibliothèque.

— Ah ! mince... »

Mario posa le plateau. Puis il ramassa le parapluie de Mrs. Hallet.

« Il va falloir nous débarrasser de ça, aussi. »

Rynn semblait préoccupée par le feu.

« Vous avez remarqué ? murmura-t-il. J'ai dit « nous ».

— J'avais remarqué. Merci.

— Il va revenir. Hallet, je veux dire.

— Je sais.

— Je vous aiderai. »

Elle jeta le tisonnier dans le coffre ouvert. Mario tenait toujours le parapluie.

« Naturellement, vous avez le droit de savoir ce qui s'est passé. »

Se laissant tomber par terre souplement, à côté de la table basse elle parut à Mario aussi gracieuse qu'une ballerine, sous son long cafetan blanc. Elle ramena sous elle ses pieds nus. Mario se redressa, s'appuya d'une main sur la table et s'accroupit en face d'elle, les jambes recroquevillées. Rynn glissa une main dans l'encolure brodée de bleu de sa robe et en tira une lettre pliée, qu'elle lui tendit.

A la lueur du feu, il vit l'encre noire, la grande écriture hardie sur le papier à lettres gris, le billet que le père de Rynn lui avait écrit, le dernier soir de leur séjour à Londres.

Tandis qu'il lisait, elle disposa les deux tasses, posa une petite passoire sur l'une d'elles, souleva la théière et versa lentement.

Mario lut la lettre deux fois, puis il la replia et comme il n'osait pas la poser sur la table, qu'il pensait qu'il devait la rendre en main propre à Rynn, il la garda gauchement.

« A Londres, mon père avait suivi un traitement, pour ce que nous pensions être un ulcère de l'estomac. Un soir, au printemps, alors que les oiseaux chantaient encore, nous sommes allés à pied vers ce qui avait été, avant sa maladie, notre restaurant préféré. Un restaurant indien. Mon père a commandé du cari. Un homme souffrant d'un ulcère à l'estomac ! Un de ces caris qui vous emportent la bouche, terriblement épicé. Je l'ai regardé, ahurie. Il s'est penché sur la table, il m'a embrassée, et il m'a dit que ça n'avait plus d'importance. »

Elle avait rempli les deux tasses.

« Lait et sucre ? »

Mario hocha la tête. Les gestes de la petite fille étaient précis, posés. Deux minuscules cuillerées de sucre en poudre. Quelques gouttes de lait pour remplir la tasse de Mario, le flot stoppé net par un bref mouvement du poignet, si adroit que pas une autre goutte ne tomba. Elle lui tendit la soucoupe.

Il la prit, et la porcelaine tinta.

Elle ne mit dans sa propre tasse qu'une pincée de sucre, la souleva délicatement, mais au lieu de boire elle tourna lentement le thé avec sa cuiller.

« Après le dîner, nous nous sommes promenés dans la nuit tiède. Nous avons fait des projets, tiré soigneusement des plans... tout ce que nous devions faire... après la mort de mon père... pour empêcher ma mère qui vivait en Italie de venir me mettre le grappin dessus. »

La tasse de Mario tinta bruyamment sur la soucoupe et il la reposa sur la table. La petite fille prit la lettre pour la glisser dans son cafetan.

« Quand je dis le mot « mère », ça ne veut rien dire du tout. Le seul souvenir que j'ai d'elle, c'est ses ongles rouge vif. Elle nous avait abandonnés depuis longtemps. Une bonne chose, puisqu'elle avait été arrêtée une fois, pour m'avoir battue. Un soir en rentrant mon père l'a trouvée ivre morte, battant les murs, et moi couverte de bleus et de bosses et sur-le-champ il l'a mise à la porte et m'a ensuite élevée. Je n'avais vu cette femme qu'une fois, avant qu'elle vienne ici. C'était la fois où mon père avait eu un prix de poésie, et elle avait reniflé l'argent. Mon père n'avait pas grand-chose, vous savez. Mais assez tout de même pour que, après sa disparition, elle essaie de venir me saisir avec ses longues griffes peintes. »

Elle offrit l'assiette de biscuits au garçon.

« Un petit gâteau ? »

Mario en prit un à la frangipane, parsemé de débris d'amandes.

« A votre place, j'aurais consulté un avocat.

— Jamais de la vie. »

Sa dureté le surprit.

« Pourquoi dépenser tout notre argent en avocats pour être obligée de faire ensuite ce qu'un tribunal ordonnerait ? Un juge déciderait de mon éducation, ce qui signifie simplement qu'il choisirait l'école où on m'enfermerait.

— Vous auriez pu trouver un tuteur.

— Un parrain ?

— Je parle sérieusement.

— Qui ? Mon père n'avait aucune famille. Les seuls gens que nous connaissions étaient des poètes fous. Les poètes — à part mon père — ont peut-être du génie mais ne font pas de très bons parents.

— D'ailleurs, une fille aussi intelligente que vous n'a besoin de personne, pas ? »

Elle regarda Mario. Il haussa les épaules.

« Je voulais plaisanter.

— Mais c'est vrai, justement. C'est pourquoi mon père a tout vendu, il a pris tout l'argent que nous avions et nous avons quitté l'Angleterre

196

sans avertir personne. C'était au printemps dernier. Tout ce printemps et tout l'été nous avons roulé dans une voiture de location, en partant de la Caroline du Nord où habite Carl Sandburg, jusque dans le Maine pour trouver un endroit qui me plairait.

— Et vous avez découvert cette maison ?

— Vous avez fini de jouer avec ce parapluie ? »

Mario baissa les yeux. Il le tenait comme il brandissait parfois sa canne, comme une baguette magique.

« Excusez-moi. »

Sans se lever, il se retourna, souleva le couvercle du coffre à bois, y jeta le parapluie, et le referma.

« C'était dans les premiers jours de septembre. La rentrée. Tout le monde faisait ses bagages pour retourner en ville. Nous avons suivi ce sentier sous les arbres denses qui semblaient tendre les bras et se tenir par la main au-dessus de nous. Et puis j'ai aperçu un jardin tout flamboyant de zinnias. Nous sommes descendus de voiture et nous avons regardé par la fenêtre. Il était évident que personne n'habitait là. Mon père m'a demandé si j'étais tout à fait certaine de pouvoir passer ici mes trois prochaines années, exactement comme nous l'avions projeté. Il m'a obligée à réfléchir pendant une semaine. Et même ensuite, après que nous avons découvert par des agents immobiliers du vil-

197

lage que la maison était à louer. Finalement il l'a prise, et il a payé d'avance trois ans de loyer. »

Elle reprit sa tasse, tourna le thé avec sa cuiller, mais ne but pas.

« Ce thé est excellent, dit Mario.

— Bravo. Nous ferons de vous un Anglais, finalement. »

Ils se regardèrent. Encore une fois, quelque chose était dit qui leur ménageait un avenir commun.

« Pendant presque tout le mois de septembre mon père semblait aller très bien, et s'il souffrait terriblement, jamais il n'a rien dit. Il entrait dans son bureau, s'enfermait, prenait quelque chose. Jusqu'à la fin nous avons fait de longues promenades, dans les bois, le long de la plage. Pendant des kilomètres. Un dimanche soir, il faisait très chaud, très lourd, nous étions assis dans cette pièce, dans l'ombre. Il a branché la stéréo. Liszt. Nous avons écouté le morceau, sans dire un mot. Et puis il a pris ma main et nous sommes sortis, dans le jardin. D'une voix calme, il m'a dit que je ne ressemblais à personne au monde et que certaines gens ne pourraient comprendre ça. Ils ne voudraient pas que je reste comme je suis. Ils chercheraient à me transformer. Ils essayeraient de me donner des ordres, de faire de moi la personne qu'ils voulaient que je sois. Comme j'étais encore une enfant, je n'y pourrais pas grand-chose, sinon rentrer dans ma coquille, ne pas me faire remarquer et me faire aussi petite que possible.

— Seule ? »

Mario prononçait le mot comme si ce n'était qu'un concept, une chose qu'il imaginait mal, certainement pas un mode de vie.

« Nous avons mis tous les détails au point, reprit-elle. Nous savions tous les deux que ce ne serait pas facile. Mon père m'a dit : « Fais ce que tu dois. Combas-les s'il le faut. *Survis.* » Il m'a embrassée, nous étions sous la treille, et puis il est parti sous les arbres, dans le sentier.

— Il n'est jamais revenu ? »

Mario rougit violemment, regrettant immédiatement sa bévue. Naturellement, son père n'était jamais revenu.

« Dans la pièce, sur son bureau, j'ai trouvé des cartes, des horaires de marées, des cartes des courants dans la baie et dans l'océan. Il les étudiait depuis près d'un mois. Il ne sera jamais retrouvé.

— Vous avez beaucoup pleuré ?

— Ça dépend ce que vous entendez par beaucoup. Non, je ne crois pas.

— Vous croyez en Dieu ?

— Ce serait bien.

— Mais vous n'y croyez pas.

— Je ne sais pas.

— Moi aussi. »

Il mangea un autre biscuit, but un peu de thé.

« Vous ne devriez pas garder d'argent dans la maison.

— Mon père et moi, nous avons ouvert un compte commun. J'ai des masses de traveller's chèques.

— Les enfants peuvent en avoir ? »

Elle le regarda posément, au-dessus de sa tasse.

« Je viens de vous dire que j'en avais. »

Elle plongea une main sous le cafetan, là où elle avait glissé la lettre. Cette fois elle retira une chaîne d'or où pendait une clef. Elle sourit presque en faisant tournoyer la clef.

« Je les garde presque tous dans un coffre à la banque.

— C'est bien la première fois que j'entends parler d'enfants qui possèdent des chèques de voyage.

— J'ai dit des masses, mais à vrai dire il va falloir que je les fasse durer trois ans. »

Elle laissa retomber la chaîne et la clef dans l'échancrure de son cafetan.

« Ainsi, maintenant vous savez tout.

— Ouais, fit-il en contemplant son thé. Rynn ?

— Mmm ?

— Est-ce que ce serait si affreux si... Je veux dire, si vous deviez jouer le jeu ?

— Mais c'est justement pour ça que nous nous sommes organisés...

— Je sais. Non, pas vraiment. Ce que je ne

comprends pas, peut-être, c'est ce que votre père et vous vous appelez « le jeu ».

Elle poussa un profond soupir, comme pour se plaindre qu'il ne cherche pas à comprendre.

« Le jeu, c'est faire semblant. Faire les gestes de la vie. Mais ce n'est pas *vivre*.

— L'école, c'est vivre.

— Non, s'exclama Rynn en secouant la tête si fort que ses cheveux lui tombèrent devant les yeux L'école, c'est des gens qui vous disent ce qu'est la vie, ce n'est pas la découvrir soi-même.

— Mais il faut bien aller à l'école !

— Pourquoi ?

— Pour apprendre.

— Quoi, par exemple ?

— A lire et à écrire. Et à...

— Je ne sais pas lire ? Je ne sais pas écrire ?

— Bon, d'accord, votre père vous l'a appris. Mais si une personne n'a pas un père comme le vôtre ?

— Est-ce que je parle des autres ? Si vous aimez tant l'école, tant mieux pour vous.

— Oui, mais je ne crois pas que vous pensiez ce que vous dites là.

— Pourquoi voudrais-je que tout le monde soit comme moi, pas plus que je ne veux être comme tout le monde ?

— Je ne suis pas comme tout le monde, protesta Mario.

— Je parle d'*eux*.

— Qui ça ?

— Eux tous, avec leur sale bubble-gum, leur horrible musique vulgaire et leur football.

— Tout n'est pas comme ça...

— L'école, c'est pour les gosses qui grandiront sans jamais écrire un poème ou chanter une chanson ou *faire* quoi que ce soit, assura-t-elle avec une foi totale. C'est comme un tour de magie. C'est l'école qui vous a appris la magie ?

— Non.

— Vous voyez bien ? Le jeu, c'est pour les gens qui ont besoin de règles parce qu'ils ont peur de croire autre chose que tout ce à quoi les autres croient déjà. Ils ont tous peur de quitter la rue où ils habitent et de *faire quelque chose* de leur vie. Le jeu, c'est pour les gens qui ont besoin qu'on leur dise ce qu'ils doivent faire. Bon, d'accord. Tant mieux pour eux, si ça leur fait plaisir.

— Tout le monde ne peut pas être comme vous.

— Personne n'est comme tout le monde ! Je viens de vous le dire, personne d'autre n'est forcé de vivre comme moi.

— Vivre comme ça... Mince ! Je veux dire...

— Oui ? »

De nouveau la durée, le défi.

« Je veux dire, les gens *s'aident* mutuellement.

— Vous avez une famille.

— Les *autres* gens. Ils veulent s'entraider. Des fois, ajouta-t-il gauchement.

— Dans mon cas, il n'y a personne. Est-ce

que vous vous imaginez que mon père et moi nous n'avons pas longuement réfléchi ? Vous croyez que nous avons pris cette décision du jour au lendemain ? Enfin quoi, pour moi cela se serait traduit par une école hideuse sentant la craie et le chou...

— Vous auriez pu trouver une bonne école...

— Une école ! Une école pour me dire comment vivre, que penser, que faire pendant le restant de mes jours. Une école et mon argent géré par un avoué quelconque jusqu'à ce qu'ils décident que je suis assez grande pour m'occuper de ce qui est à moi. D'ailleurs... C'est seulement en ce moment, que je vis comme ça. Il me suffit de faire très attention, jusqu'à ce qu'ils pensent que je suis assez grande pour faire ce qui me plaît.

— Qui ça, ils ?

— Tout le monde !

— Mince. Vous vous entendez ? Je veux dire, vous répétez tout le temps *ils*... comme si tout le monde cherchait à vous sauter dessus !

— Ils le cherchent peut-être. »

Le garçon avala une grande gorgée de thé avant de protester :

« Mais vous devez avoir confiance en *quelqu'un !* »

Soudain Mario découvrit qu'il était incapable de regarder Rynn dans les yeux. Elle ne pouvait supporter de croiser son regard, non plus, comme si en cet instant seulement, après lui avoir raconté des choses qu'elle n'avait dites à personne d'autre, tous deux venaient de mesurer la portée de ce qu'elle, de ce qu'ils avaient fait.

Mario examina la tasse qu'elle n'avait pas portée à ses lèvres.

« Comment est-ce qu'elle... votre mère... vous a retrouvée ? »

Rynn posa la soucoupe sur la table basse et contempla le feu.

« C'est de ma faute. Un poème que j'ai publié. Mes premières impressions de cette maison, de ce village. Des amis à elle l'ont lu, dans un journal anglais, et le lui ont envoyé en Grèce. Des gens qui connaissaient Long Island ont reconnu les paysages que je décrivais. Un jour un taxi s'est arrêté, là dans le sentier... »

Mario se demanda si elle avait l'intention de continuer. Peut-être lui avait-elle dit tout ce qu'elle entendait révéler. Il sentit qu'en lui posant une question il risquait de l'enfermer dans son silence. Mais elle reprit :

« La porte était ouverte. Elle est entrée d'autorité, les ongles plus rouges que jamais. Je me faisais horreur mais je réussis à faire semblant d'être heureuse de la voir. Seigneur, le toupet de cette femme... Venir ici ! C'était une de ces personnes qui pensent qu'on leur pardonnera toujours tout. Elle s'est assise dans ce fauteuil, là, elle a fumé une de ses cigarettes à bout doré.

et elle a bavardé comme une pie, et que la pollution en Méditerranée ça devenait horrible, et qu'elle détestait les Grecs, et que ce serait merveilleux d'habiter ici... »

Rynn se détourna du feu pour regarder le fauteuil à bascule, derrière Mario.

« Nous avons bu du thé, aussi. Elle m'a demandé un verre, mais je n'avais pas d'alcool. Du thé. Et ces mêmes petits gâteaux aux amandes.

— Ils sont délicieux.

— Elle les a aimés aussi. »

Le garçon prit un autre biscuit. Le goût d'amande amère était très prononcé. Au bout d'un moment, il demanda :

« *Dans* le thé ? »

Elle hocha la tête.

Mario, qui buvait une gorgée, s'immobilisa soudain, et se demanda s'il parviendrait à l'avaler.

« Cyanure de potassium. »

Le garçon essayait de maintenir sa main ferme, d'empêcher la tasse de tinter sur sa soucoupe.

« Les Wilson avaient transformé le bureau en chambre noire. J'ai trouvé le cyanure quand mon père et moi avons rangé tout leur matériel et leurs produits photographiques. Comme je l'ai dit, je sais lire. J'ai lu l'avertissement sur l'étiquette. »

Le reflet du feu ondulait dans le thé de la

petite fille. Elle n'avait pas bu une seule gorgée. Son regard croisa celui de Mario. Elle dit très calmement :

« Il est trop chaud. Je n'ai pas mis de lait froid dans le mien. »

Il se demanda si elle voyait qu'il commençait à transpirer. Mais elle pensait à sa mère.

« Je vois encore ses ongles rouges sur l'anse de la tasse. Après avoir bu un peu, elle m'a dit que son thé avait un goût d'amande amère. »

La tasse de Mario cliqueta, jusqu'à ce que la soucoupe soit en sécurité sur la table basse.

« Bien sûr, qu'il sentait l'amande amère ! dit-elle en relevant ses cheveux sur son front. Vous savez ce que je lui ai répondu ? »

La figure de Mario luisait dans la lueur du feu. Sa chemise lui collait à la peau, il avait les aisselles moites.

« Ce sont les petits gâteaux aux amandes. Voilà ce que je lui ai dit, et elle l'a cru. Je lui ai dit qu'ils venaient de chez Fortnum. Elle a trouvé ça parfait. Vraiment, elle était ravie. Elle adorait tout ce qui venait des boutiques de luxe. Elle changeait les griffes de ses manteaux, y mettait celles de grands couturiers, et elle n'avait que les sacoches les plus élégantes pour faire son shopping. Chez Harrods, au moins. »

Rynn était dans son propre univers, elle parlait à elle-même.

Mario sentit sa gorge se serrer. Il avait terriblement conscience de sa propre respiration.

Elle était de plus en plus oppressée. Il parvint à demander :

« Ça a été long ?

— Non, tout à fait rapide.

— Par exemple, on commence par avoir sommeil ?

— Apparemment. On tombe de sommeil. »

La main de Mario chercha le plancher à tâtons. Il n'ondulait pas. Il se sentait fiévreux ; il transpirait. Chaque aspiration exigeait un effort croissant.

La tasse de thé intacte de Rynn scintillait devant lui.

« Vous êtes fatigué ? »

Mario secoua la tête, pour nier la lassitude qui l'envahissait.

« Non, grinça-t-il.

— Vous avez de quoi l'être, dit Rynn. Il est tard. »

Elle chercha sa main, mais il la retira.

« Vous savez ce que vous devriez faire ? Je crois que ce serait une très bonne idée si vous téléphoniez à vos parents. Pour leur dire que vous êtes toujours à la soirée d'anniversaire.

— Mais je ne suis pas... »

Il fut pris d'une quinte de toux.

« Mais vous avez dit tout à l'heure à votre mère que vous y étiez resté. »

Mario secoua la tête. Il ne voulait pas téléphoner.

« Si, franchement. Je crois que vous devriez

appeler votre famille. Vous voulez que je vous apporte le téléphone ?

— A quoi ça vous servira ?

— *Nous*, rectifia-t-elle.

— Mon oncle Ron sait que je suis ici.

— Il ne dira rien. Appelez-les. Dites-leur que vous êtes toujours à la soirée. »

Il secoua encore la tête. Non.

« Et qu'est-ce qui s'est passé ensuite ? Je veux dire, qu'est-ce qui lui est arrivé, à elle ? »

Mario se débattait confusément dans ce fourré de mots, cette confusion, ce réseau dans lequel il était persuadé qu'elle tentait de le piéger.

« Ma mère avait du mal à respirer. Elle faisait des efforts.

— Et puis ?

— Et puis ? Finalement elle s'est simplement... affalée. Dans ce fauteuil. »

Mario réfléchissait à toute allure. Il téléphonerait. Il dirait à cette fille qu'il appelait sa famille, mais il formerait le numéro de l'hôpital et demanderait qu'on envoie une ambulance.

« Elle est restée très longtemps dans le fauteuil, pendant que je me demandais ce que je ferais d'elle. Je n'ai pas pensé à la trappe de la cave. Pas tout de suite. Comme vous disiez au sujet de la magie, on ne pense pas aux choses évidentes. Pas au début. »

Il la vit soulever la théière.

« Encore un peu de thé ? »

Malade d'inquiétude, il fit un geste négatif.

« Je suppose que je vais téléphoner.

— Parfait, dit-elle en se levant. Ne bougez pas, je vous apporte l'appareil. »

Elle courut pieds nus sur le plancher luisant.

« Vous êtes vraiment fatigué ! » ajouta-t-elle en posant le téléphone à côté de lui.

Mario se força à se redresser.

« Vous voulez que je forme le numéro ? »

Ainsi, c'était ça, son plan. Elle sait que je vais appeler au secours, alors elle ne va me laisser appeler personne, à part la famille, pour se ménager un alibi...

Que puis-je faire ? Lui arracher le téléphone et appeler l'hôpital ?...

« Ça ne va pas ?

— Mais si », souffla-t-il.

Que faire ?...

Il se torturait l'esprit, il envisagea de s'enfuir en courant. Sur sa foutue canne. Jusqu'où pourrait-il... Soudain, la main de la petite fille se tendit et son geste chassa toute idée de fuite. Il ne pouvait qu'ouvrir des yeux ronds.

Elle avait pris la soucoupe, et buvait son thé. De son autre main blanche, elle avait choisi un biscuit aux amandes qu'elle grignotait. Une petite langue rose de jeune chat passa sur ses lèvres, ramassant les quelques miettes.

« Ecoutez », murmura-t-elle mais cette fois elle ne semblait pas donner un ordre.

Mario tendit l'oreille, cherchant ce qui avait attiré son attention.

« Le vent, dit-il.

— Des créatures riant sur les toits et sifflant dans la nuit. »

De nouveau, Rynn chercha la main de Mario. Cette fois, il ne la retira pas. Elle se mit à réciter ; il se demanda si ces vers étaient tirés d'un poème de son père.

> Une horrible tempête brassait l'air...
> Les nuages rares et décharnés
> Aussi noirs que la mante d'un spectre
> Cachaient les cieux et la terre.
> Les créatures riaient sur les toits...
> Et sifflaient dans la nuit...
> En agitant leurs poings...
> En grinçant des dents...
> En secouant leurs cheveux déments.

Rynn se leva et porta silencieusement le plateau à la cuisine.

Les deux mains sur la table, Mario découvrit qu'il était capable de se lever.

« En secouant leurs cheveux déments. Mince !

— Ça ne vous donne pas le frisson ?

— Comme du papier de verre qu'on vous passerait dans le dos, comme lorsque l'opéra est vraiment formidable. »

Mario attendit qu'elle ait le dos tourné pour se mettre debout. Bien d'aplomb sur ses pieds, certain d'être encore en vie, il sourit de son merveilleux sourire ensoleillé.

La petite fille rinça les tasses et les retourna sur l'égouttoir. Elle essuya la théière.

Mario s'étira, jusqu'à ce qu'il sente tous les muscles de son jeune corps plaisamment douloureux, et le sang couler dans ses membres. Il pivota, savourant la sensation de chaleur.

Quand Rynn, la théière à la main, se tourna vers lui il laissa brusquement retomber ses bras et se figea. Malgré l'immense soulagement qui l'envahissait, en dépit de tout l'amour qu'il éprouvait pour cette petite fille, il n'osait rien montrer. Il devait dissimuler sa joie soudaine, sinon le changement abrupt trahirait tous les doutes qui l'avaient assailli jusqu'à ces derniers instants.

« C'est votre père qui a écrit ça ?

— Emily Dickinson.

— Vous avez un de ses livres ?

— Je connais presque tous ses poèmes par cœur. »

Mario s'approcha du fauteuil à bascule.

Rynn le regarda s'asseoir. Lentement, elle traversa la pièce et se laissa tomber par terre à côté de lui. Elle posa la tête sur ses genoux. Il passa les doigts dans ses longs cheveux châtain brillant. La main de Rynn recouvrit la sienne.

XIV

UNE semaine s'écoula.

Mario ne pouvait venir chez Rynn le dimanche car ce jour-là, expliqua-t-il, il y avait la messe le matin, un déjeuner de famille aux proportions presque tribales, et les visites d'innombrables parents. Mais il passa deux fois dans la semaine.

Le lundi, il annonça que la Bentley couleur de foie cru avait été remorquée, toujours verrouillée, dans le garage de son père. Au village tout le monde savait que Mrs. Hallet avait disparu. A la station-service et dans les rues, les résidents permanents commençaient à s'aborder en demandant des nouvelles. Comme il n'y avait pas le moindre indice, chacun y allait de sa supposition et les rumeurs pullulaient. Celles-ci, déclara Mario, ne faisaient que prouver à quel point tout le monde haïssait les Hallet.

Le jeudi, il passa en revue la semaine qui avait débuté par le bruit persistant, dans le village, selon lequel la femme de Frank Hallet l'aurait quitté et serait partie en emmenant ses enfants. Pour les voisins, cette défection était l'indice qu'ils attendaient. Est-ce que cela ne prouvait pas que Hallet avait joué un rôle dans la disparition de sa mère ? Quand vint le milieu de la semaine tout le monde répétait que Frank Hallet avait toujours détesté sa mère. Au garage, le père de Mario put confirmer cette affirmation en rappelant à tous les clients locaux qui passaient faire le plein, une vidange ou un graissage que les rapports avaient toujours été tendus, entre la mère et le fils. Après tout, cette femme n'avait jamais autorisé son fils à conduire la Bentley rouge sombre désormais légendaire.

Personne d'autre que Mario ne vint frapper à la porte de la maison au bout du chemin.

Mais durant la nuit, Rynn avait souvent vu le projecteur d'une voiture de patrouille balayer les murs extérieurs. L'agent Miglioriti surveillait les abords de la maison.

Rynn prenait soin de fermer les fenêtres et de verrouiller les portes et elle laissait tous les soirs le projecteur allumé au-dehors. Si quelqu'un — et elle ne pouvait se résoudre à penser que ce quelqu'un pourrait être Hallet —, si quelqu'un était passé devant la grande fenêtre, elle aurait vu son ombre sur les rideaux tirés.

Durant les heures de classe, elle ne se risquait

pas dans les rues du village, de peur qu'un adulte l'abordât pour lui demander pourquoi elle n'était pas à l'école. Après les cours, quand les élèves se promenaient librement, elle n'osait pas quitter la maison, au cas où Mario viendrait.

Craignant que la ligne téléphonique fût sur une table d'écoute, ils ne s'appelaient jamais.

Ce samedi-là, comme le précédent, Mario gara sa bicyclette dans le vestibule, mais pas à cause de la pluie. La journée avait été froide et claire, mais ils se dirent qu'il était inutile de la laisser dehors pour révéler à quiconque passerait dans le sentier que le garçon était chez Rynn.

C'était une journée merveilleuse pour la promenade. Le ciel au-dessus des arbres presque nus était bleu, strié de rares nuages rapides, cachant parfois le soleil d'automne et faisant alterner la lumière dorée et la brume ambrée.

Rynn se doutait que cette marche était pénible pour Mario, mais elle était heureuse de l'avoir à côté d'elle, sa main dans la sienne, et ils errèrent pendant plus de deux heures le long du sentier, sous les bois et sur la plage où se déroulaient et s'écrasaient de lourdes vagues couleur de plomb. Sous l'immense ciel l'étendue de sable était déserte, à part quelques mouettes qui attendaient que le jeune couple marche presque sur elles avant de battre des ailes et de s'envoler dans le vent en poussant leur cri d'enfant.

Seuls sur la plage, ils marchèrent sur le sable mouillé où le ressac s'étalait et disparaissait sous leurs pieds. Elle lui glissa quelque chose dans la main.

Mario n'eut pas besoin de baisser les yeux pour savoir que c'était le trousseau de clefs de Mrs. Hallet. La petite fille lui dit qu'il pourrait les jeter plus loin qu'elle.

Quand les clefs eurent disparu dans la mer, ils repartirent en silence. Ni l'un ni l'autre ne parla de la tâche qui les attendait.

Durant la semaine, ils avaient mis au point tous les détails de ce qu'ils avaient à faire. Maintenant, ils attendaient le début du match de football. Frank Hallet l'avait dit, et Mario l'avait confirmé : le samedi, tout le monde allait au match.

A une heure, quand la partie commença, ils allèrent sous la treille, qu'ils explorèrent sans un mot. Puis Rynn se posta au coin de la maison, petite sentinelle montant la garde, pour guetter tous ceux qui pourraient approcher le long du sentier, d'un côté comme de l'autre.

Mario ratissa les feuilles mortes dans un coin du jardin derrière la treille, et se mit à creuser. La terre du vieux jardin, retournée par tant de générations, était dégagée de pierres et de racines emmêlées, et cédait facilement sous la pelle. Au bout d'une heure, la petite fille, adossée dans son duffle-coat contre un marronnier pour regarder travailler Mario, écoutant la pelle tinter parfois contre un caillou, ne vit plus que sa tête et ses épaules émerger du trou.

216

Quand la fosse fut plus profonde encore, ils retournèrent dans la maison, où Rynn tira soigneusement les rideaux.

« Ça va ? » demanda Mario.

Rynn hocha la tête, le signal que l'on pouvait commencer.

A eux deux, ils soulevèrent la table, l'écartèrent, roulèrent le tapis tressé et rabattirent la trappe contre le mur.

Tandis que Rynn courait à la cuisine chercher deux boîtes de rouleaux de plastique Saran, Mario ouvrit la fenêtre donnant sur la treille. Sur un nouveau signe de tête de Rynn, il la précéda dans la cave.

Seul un plan parfaitement mis au point dans ses moindres détails avait pu leur permettre d'agir aussi rapidement. Ils remontèrent, chargés du premier de leurs fardeaux enveloppés.

« Attention, chuchota Rynn. Ne te renverse pas de ce produit chimique dessus.

— Pose-le sur le rebord de la fenêtre, grogna Mario en faisant un effort. Bon. Maintenant on pousse tous les deux. »

Ils transportaient de la cave le deuxième paquet quand un avertisseur de voiture claironna.

Leur cœur s'arrêta de battre.

« C'est dans le sentier, chuchota Mario. Et s'ils viennent ici ? »

Rynn examina un moment la figure de Mario, avant de désigner la fenêtre ouverte.

« Il faut emporter ça ! Vite ! »

Tandis que Mario enjambait l'appui pour suivre le chemin du second paquet sous la treille, Rynn ferma la fenêtre et tira les rideaux. Puis elle courut à celle du salon et regarda dehors. Au bout d'une longue minute elle sortit dans le jardin, d'où elle pouvait voir le sentier. Enfin, elle se hâta parmi les feuilles mortes, contourna la maison et dit à Mario qu'un chien blanc avait traversé devant une voiture.

Avec la même coordination de mouvements qu'ils avaient eue dans la maison, les deux jeunes gens transportèrent les fardeaux enveloppés jusqu'à la fosse.

Mario reprit la pelle et l'enfonça dans la terre ; Rynn, au coin de la maison, sentit la fraîcheur humide de la brume tandis qu'elle se postait de manière à voir à la fois le jardin de derrière et le sentier entre les arbres.

Elle écouta le choc sourd des pelletées de terre tombant dans le trou et frissonna quand elle leva les yeux vers les nuages gris qui s'étaient amassés et recouvraient le ciel. Une pluie fine commençait à luire sur les feuilles et les branches.

Quand la pluie redoubla, Rynn abandonna son poste, le temps d'aller chercher l'imperméable de son père, mais déjà le chandail et le jean de Mario étaient trempés. Ses cheveux noirs se plaquaient sur son front et de l'eau ruisselait sur sa figure crispée. La terre fraîchement retournée se transformait en boue glissante, lourde sur la pelle ; cependant le garçon travaillait sans relâche.

Rynn se précipita de nouveau dans la maison, fit chauffer une boîte de potage à la crème de céleri et en porta un bol à Mario, sous la pluie battante.

Il s'interrompit à peine, le temps d'avaler la soupe fumante.

« Va te mettre à l'abri, dit-il, ses dents claquant sur le rebord du bol. Pas la peine qu'on se fasse tremper tous les deux. »

Rynn emporta le bol vide encore chaud et retourna à son poste. Bientôt le bol se refroidit ; elle serra contre elle le manteau qui sentait la laine mouillée. Elle se demandait combien de temps il lui faudrait encore grelotter de froid, sous la pluie. Mario, au moins, creusait et s'échauffait à travailler. Bien résolue à ne pas abandonner le garçon ni son poste de guet, elle recula pour se mettre à l'abri précaire d'une avancée de toit, où l'eau d'une gouttière percée se déversait en cascades à ses pieds.

Tandis que les minutes passaient et qu'elle écartait de ses yeux des mèches trempées, elle était de plus en plus tentée de céder aux conseils insistants de Mario, de se réfugier dans la maison, d'ôter le manteau mouillé et d'allumer un grand feu.

« Hé ! »

Rynn sursauta.

Sous la pluie, quelqu'un l'appelait. Elle

n'osait même plus respirer. Elle s'efforça de se retourner lentement, pour ne pas trahir son saisissement, en direction de la voix. Là, entre les arbres bordant la route, elle vit approcher un homme, un homme qui se dirigeait vers le jardin, par-derrière.

Devrait-elle avertir Mario ? Que pourrait-il faire ?

Rynn baissa la tête sous la cataracte de la gouttière et se hâta vers l'inconnu.

A mi-chemin de la route, elle ralentit le pas. L'homme portait un anorak rouge vif, le capuchon sur la tête. Avec ses hautes bottes de caoutchouc noir, il avait l'air d'un grand Père Noël dégingandé.

Elle chercha fébrilement ce qu'elle pourrait lui crier, ou faire, pour l'empêcher d'approcher encore. Impulsivement, elle se mit à courir vers lui.

« Vous n'auriez pas vu mon chien ? »

De là où il était, Rynn était sûre que l'homme ne pouvait voir le jardin mais elle craignait qu'il entendît le bruit de la pelle de Mario.

« Mon chien ! cria-t-il. Je cherche mon chien.

— Quelle espèce de chien ? demanda Rynn en se forçant à parler calmement pour masquer sa panique.

— Un bull-terrier anglais.

— Blanc ?

— Vous l'avez vu ? »

L'homme allait avancer mais elle hocha vivement la tête et tendit le bras vers le sentier, dans la direction opposée à la maison.

« Il est parti par là. »

L'homme s'arrêta.

« Je l'ai vu passer il y a dix minutes environ.

— Merci. »

L'homme tourna la tête mais ne bougea pas.

Mais va-t'en !

Que voulait-il encore ?

« Vous feriez mieux de rentrer au chaud, dit-il, son haleine formant un petit nuage blanc. Vous allez vous mouiller. »

Rynn suivit des yeux l'anorak rouge entre les arbres, jusqu'à ce qu'il atteigne la route. Ce fut seulement quand il eut disparu qu'elle retourna en chancelant vers le coin de la maison. Avant d'atteindre la treille, elle entendit le claquement du plat de la pelle sur de la boue.

Elle recula sous l'auvent, pour observer le travail de Mario.

Lorsque finalement le garçon eut aplani tout le terrain avec le plat de la pelle et commencé à ramener les feuilles mortes sur la terre blessée, Rynn rentra précipitamment.

Quand Mario revint enfin, Rynn était à la fenêtre de derrière, avec une immense serviette de bain.

« Jette la pelle sous le perron. »

Couvert de boue, ses vêtements mouillés collés à la peau, Mario provoquait chez Rynn le même serrement de cœur qu'elle avait eu en voyant un chiot ébouriffé et dodu trempé et grelottant. Il paraissait aussi maigre et vulnérable.

Le garçon ne lui obéit pas. Il jeta la pelle de toutes ses forces dans les fourrés denses au fond du jardin. Cela n'était pas prévu dans leur plan mais son idée était meilleure que la sienne.

Rynn tira Mario par la porte d'entrée, se retourna vivement pour la claquer et la verrouiller et puis, tandis qu'il ôtait péniblement ses bottes boueuses, elle recouvrit ses cheveux ruisselants avec la serviette.

« Tu es trempé comme une soupe ! »

Vigoureusement, elle lui frotta les cheveux.

« Il faut vite te sécher et te réchauffer. Dépêche-toi ! »

Quand il tendit la main vers la bicyclette pour trouver un appui, elle glissa son épaule sous son bras. Soutenant presque tout son poids elle l'entraîna vers le fond du vestibule.

Il toussa.

Elle dit à Mario de se sécher les cheveux, le poussa vers l'escalier, le fit asseoir sur une marche et arracha ses chaussettes mouillées.

« Tu avais raison de vouloir faire ça un samedi, dit-elle en tirant sur la laine trempée. *Tout le monde* est au match. »

Il claquait des dents, incapable de répondre, les membres grelottants.

« Dès que nous t'aurons débarrassé de ces vêtements mouillés, nous monterons. J'ai fait couler un bain chaud. Grouille-toi ! »

Elle tira sur le chandail, lourd de pluie, déboutonna la chemise glacée, la rabattit sur les épaules blanches tremblantes.

« J'aurais dû aller t'aider. »

Elle défit la ceinture. Les mains gourdes de Mario tâtonnèrent, mais parvinrent à manœuvrer la fermeture à glissière de la braguette pour qu'elle le dépouille du pantalon. Elle vit sous la serviette, formant comme une tente sur sa tête, ses yeux noirs qui l'observaient et elle éprouva comme un pincement de culpabilité ; il savait exactement ce qu'elle pensait ; aussi, en arrachant le pantalon, elle s'efforça de ne pas regarder ses jambes pour voir si elles étaient déformées. Apparemment, toutes deux étaient semblables, également blanches et glabres ; et tremblantes de froid toutes les deux.

« C'est comme de laisser quelqu'un regarder ta dent ébréchée », dit-il.

Elle l'attira contre elle et l'enveloppa dans le drap de bain.

« Allez, viens. »

Mais après avoir fait un pas, elle se figea. Il souleva la serviette sur son front.

« Tu entends quelque chose ?

— Non.

— Qu'est-ce que tu as ?

— Rien, dit-elle, mais elle tremblait.

— Ne te fais pas tant de souci. La pluie ne va pas emporter toute cette terre du jardin. »

Il lui enlaça la taille. A présent, c'était lui qui la soutenait, pour monter.

« Viens. Et ne t'inquiète pas. J'ai creusé profond. »

Rynn se tendit, et resta pétrifiée, saisie d'une terreur à côté de laquelle la crainte de voir la pluie entraîner la terre et révéler ce qu'il y avait eu dans la cave n'était rien.

Elle dut faire un effort immense pour murmurer : « Son parapluie. Nous avons oublié son...

— Il est avec elle ! »

De la salle de bain du premier étage, ils entendirent sonner le téléphone dans la cuisine, avec insistance, bien longtemps après qu'un correspondant normal eût raccroché. Rynn, essuyant ses bras avec une petite serviette, dévala l'escalier et se précipita sur l'appareil.

« Oui ? »

Elle n'arrivait pas trop tard, on n'avait pas raccroché, mais la personne au bout du fil ne dit rien. Le silence. Avec cet instinct qui n'est qu'une faculté de raisonnement permettant d'atteindre une conclusion plus rapidement que ne le peut la logique des faits, elle comprit que Frank Hallet était quelque part dans le village, par ce samedi pluvieux, et respirait dans un téléphone. Elle lutta pour se maîtriser et quand elle parla ce fut d'une voix trop posée, trop froide.

« Mr. Hallet ? »

Où était-il ? Dans le bureau de l'agence ?

Chez lui ? Dans une cabine publique ? Aucune importance : il savait où elle était, et il attendait.

« Je sais que c'est vous, Mr. Hallet. Cet après-midi, tous les autres sont au match de football. »

Elle s'efforça de rendre sa voix cassante, comme celle de certaines grandes dames anglaises s'adressant à des vendeuses ou des serveuses :

« Mr. Hallet, je dois vous dire que j'ai rapporté à mon père ce qui s'est passé samedi dernier. Je crains qu'il n'ait estimé devoir avertir la police de votre conduite. En ce moment même, ma maison est étroitement surveillée. »

Elle aurait dû raccrocher. Elle comprit qu'elle attendait une seconde de trop, avant de couper la communication. Elle ne voulait absolument pas que l'homme devinât la terreur qu'il soupçonnait sans doute déjà.

Dans le vestibule, elle ramassa les vêtements trempés de Mario et les porta près de la cheminée. Elle laissa tomber les bottes couvertes de boue, étala la chemise sur le dossier du fauteuil à bascule, et accrocha les chaussettes à l'accoudoir. Puis elle secoua le jean et le disposa entre la table basse et le foyer.

Avec le tisonnier, elle poussa des tortillons de journaux sous les braises et attendit que le papier prenne. Elle ajouta du petit bois, des éclats d'écorce et posa sur le tout une nouvelle bûche. Dans la pile de disques, elle en choisit un, qu'elle ôta de sa pochette. Dès qu'elle eut branché la stéréo, les accents du concerto pour piano de Liszt emplirent la pièce ; elle baissa le volume du son.

Une chaussette tomba du bras du fauteuil. Elle la ramassa, découvrit un trou béant au talon.

Entendant un pas dans l'escalier elle se retourna.

Ce n'était qu'une illusion d'optique, bien sûr, mais pendant un instant son père fut là, en personne, la pipe aux dents.

« La robe de chambre est superbe, dit Mario. Et elle me va comme un gant. »

Rynn jeta la chaussette sur le fauteuil et courut au bas des marches, levant les yeux vers le garçon qui enroulait une serviette autour de son cou. Il ôta la pipe de sa bouche et la lui tendit.

« Elle était dans la poche. »

La main de Rynn se referma sur la pipe, ses doigts caressèrent la forme familière. De l'autre main, elle fit signe à Mario.

« Viens, viens te réchauffer devant le feu. »

Dans la lumière dansante des flammes elle s'agenouilla à côté de lui pour lui essuyer les cheveux avec la serviette.

« Qui a téléphoné ?

— Personne. »

Elle frottait vigoureusement.

« Rynn ?

— Vraiment. On n'a pas dit un mot.

— Hallet ?

— Naturellement.

— Cinglé, grogna-t-il, et il se mit à tousser.

— Tu grelottes toujours. »

Elle prit une couverture derrière un des coussins du canapé, la déplia et l'en enveloppa.

« Viens. Plus près du feu. Et ne tremble plus, Mario. Je t'en supplie.

— D'accord, répondit-il comme s'il était capable de maîtriser le grelottement que n'avaient pu calmer ni le bain chaud, ni la robe de chambre, ni la couverture de laine.

— Tu es glacé. »

Elle glissa les deux mains sur ses épaules, et sur sa poitrine sous la robe de chambre. Elle le frictionna.

« Ça te fait du bien ? »

Mario lui embrassa le bras, quand il effleura sa figure. C'était la première fois que ses lèvres la touchaient. Un silence tomba, que ni le garçon ni la fille ne surent rompre.

Elle lui caressa la poitrine, laissa la paume de ses mains errer sur le torse maigre, les muscles tendus du ventre plat qui se crispèrent sous la caresse.

« Il commence à faire nuit », dit-il, mais les paroles s'étranglèrent dans sa gorge.

Elle laissa tomber sa tête au creux de son épaule. Ses mains remontèrent dans le dos jusqu'à la nuque. Quand elles redescendirent, sur la poitrine, les côtes, le ventre frémissant, il étouffa un petit cri. L'haleine de Rynn était chaude, contre son oreille.

« Mario... »

Il ne répondit pas.

« Si tu veux, souffla-t-elle, si bas qu'il l'entendit à peine, je peux me coucher avec toi. »

N'osant pas la regarder, il s'éclaircit la gorge.

« Si tu préfères, nous pouvons rester près du feu. Je vais déplacer le canapé. »

Elle se leva, repoussa la table basse, et prit un côté du canapé pour le tourner face à la cheminée. Elle voulut prendre la couverture, pour l'étaler sur les coussins, mais Mario la serra autour de lui.

Docilement, il s'assit sur le canapé comme elle le lui demandait, tassé sur lui-même, la tête rentrée entre les épaules. Il ne la vit pas ôter son chandail noir ni faire glisser son jean sur ses jambes bronzées. Elle l'enjamba, s'allongea à côté de lui, et rabattit sur eux la couverture.

Elle se pelotonna contre lui, le nez contre son cou. Elle le sentait tendu, comme s'il attendait ce qu'elle allait murmurer :

« Ça va mieux ? »

Mario hocha la tête, sans rien dire. Il glissa un bras sous les épaules de Rynn et ils restèrent enlacés, contemplant le plafond où le feu de bois faisait danser les ombres des poutres.

Le concerto se termina dans un crescendo, un

éblouissement de notes scintillantes. Un déclic, et le tourne-disque s'arrêta.

On n'entendait plus que le crépitement de la pluie.

Mario toussa, fut pris d'une quinte et une de ses mains couvrit sa figure. Les doigts de Rynn caressèrent sa bouche.

« Chut... »

Ils observèrent les ombres du plafond, plus denses à mesure que le feu baissait.

« Tes cheveux, dit-elle.

— Quoi ?

— Ils sont secs ? »

La question fut un prétexte pour passer la main dans les boucles emmêlées du garçon. Ses doigts s'attardèrent, caressants. Les muscles de la nuque de Mario étaient noués et durs.

« Mario le Magicien ?

— Je sais ce que tu vas me demander.

— Tu as déjà fait ça ?

— Des centaines de fois.

— Comme moi et le haschisch », dit-elle en tournant la tête pour lui embrasser le cou.

Son index traça son profil. Mais Mario ne rit pas. Elle laissa retomber sa main sur son épaule.

Ils contemplèrent les poutres et le plafond, à présent noyés d'ombre.

Etait-ce une heure plus tard ? Deux heures ? Le feu était mort, les braises éteintes. Rynn frissonna. L'unique couverture ne suffisait plus à les réchauffer. Se soulevant sur un coude, elle regarda Mario. Surprise, elle vit que ses yeux brillaient de larmes. « Je vais chercher une autre couverture », souffla-t-elle.

Il secoua la tête et elle se posa des questions. Elle comprenait mal son silence. Il y avait si long-temps qu'il n'avait rien dit qu'elle commençait à croire qu'il voulait qu'elle le laissât tranquille. « Une fois que tu seras bien réchauffé, tout ira bien, assura-t-elle. Ce sera merveilleux. Vrai-ment. Tu verras... »

Quand elle se leva il se détourna, les épaules secouées de sanglots. Il pleurait.

Rynn revint vers le canapé, s'allongea, ne bougea plus. La dernière fois qu'elle avait tendu la main vers lui, elle l'avait senti s'écarter. Que pouvait-elle faire ?

« Mario ? »

Il s'était redressé et tendait le bras au-dessus d'elle pour prendre sa chemise encore humide sur le dossier du fauteuil à bascule.

Il ne dit rien. Il enfila la chemise.

« Mario ? »

Ce fut elle qui, involontairement, lui fournit un prétexte :

« On t'attend chez toi pour dîner ? »

Tout en boutonnant la chemise, il hocha la tête.

Jamais les mots n'avaient semblé aussi impuissants.

« Mario ? »

230

Le garçon fit tomber ses jambes trop blanches du canapé.

Elle ne pouvait pas le laisser partir !

Tout son instinct lui criait de dire quelque chose, de trouver quelque chose pour l'empêcher de boutonner sa chemise...

« Ce n'était pas de ta faute », dit-elle et aussitôt elle le vit se crisper, et regretta d'avoir parlé.

Elle aurait dû se taire, faire taire son instinct. Jusqu'à présent, elle n'avait jamais mis en doute ses impulsions. Et maintenant, elles lui faisaient défaut. Qu'aurait-elle pu dire ? Elle gardait le silence depuis une heure, et cela n'avait rien arrangé non plus.

Mario enfila une jambe de pantalon. Il se mit debout pour enfiler l'autre.

Elle osa parler de nouveau, uniquement parce qu'elle ne pouvait supporter le silence.

« Ce serait tellement terrible si tu ne rentrais pas ? Je veux dire, si ta famille apprenait tout, pour nous deux ? »

Comme s'il en voulait à sa chemise, il la fourra brutalement dans son pantalon et remonta la fermeture à glissière.

« Mario ? »

Il avait déjà enfilé une chaussette humide et cherchait l'autre.

« Ton oncle Ron sait...

— Ils voudront tout savoir de toi. Tout ! Je ne sais pas aussi bien mentir que toi ! »

« Il n'a pas dit ça pour me blesser », se dit-elle.

Il tendit la main vers ses gros souliers boueux.

« C'est comme ton père écrivait dans cette lettre. Depuis quand laissent-ils les gosses faire ce qu'ils veulent ? »

Elle se leva, sentit sous ses pieds nus les pierres refroidies de l'âtre et s'enroula dans la couverture. Sans un mot, elle suivit Mario dans le vestibule, incapable de trouver le moyen de l'empêcher de pousser sa bicyclette vers la porte, ni de tirer les verrous.

Au-dehors une pluie fine tombait, les gouttes scintillaient dans le faisceau du projecteur. Elle lui tendit l'imperméable de son père et Mario l'enfila, remontant le col autour de ses oreilles.

« Tu reviendras, après ? »

L'avait-il entendue ?

Il toussa. Il était en selle, il pédalait dans la nuit. Rynn referma la porte et retourna dans le salon. Enveloppée dans la couverture elle s'assit, toute seule dans le noir.

XV

CE même soir, bien plus tard, la maison était
sombre. Seule une lueur rougeoyante s'attardait
dans la cheminée du salon.

Un léger coup frappé à la porte resta sans
réponse.

Rien ne bougea dans la pièce obscure.

Un second, plus fort. Un troisième.

Au premier, de la lumière jaillit et Rynn
apparut sur le palier, enfilant son chandail et le
tirant sur son jean. Elle dévala les marches.

A la porte, elle s'arrêta.

« Qui est là ?

— Ron Miglioriti. »

La main sur le loquet, elle hésita, le temps de
jeter un coup d'œil dans le salon. Le canapé
avait été repoussé à sa place habituelle, tous les
vêtements de Mario avaient disparu, elle avait

même emporté la couverture au premier. Il n'y avait rien dans la pièce que l'agent ne dût pas voir, aucune raison de ne pas lui ouvrir.

Ron Miglioriti portait le même costume civil que le samedi précédent. Seule la chemise avait changé. Au col et aux poignets des volants de dentelle moussaient.

« Bonsoir, dit-il avec un sourire éblouissant. C'est ma petite visite habituelle du samedi soir. »

Rynn s'écarta, comme pour dire que tout allait bien, que l'agent pouvait entrer dans la maison, qu'il était le bienvenu.

« Ça va ?

— Oui, bien sûr. Très bien. »

Le sourire de Miglioriti s'élargit encore.

« Je passais, simplement.

— Je vous remercie mais... Je veux dire, vous ne devriez pas vous faire tant de souci pour moi. »

Elle se demanda si le policier avait remarqué qu'elle avait pris cette expression— « je veux dire » — à Mario. Elle en doutait. L'homme était bien trop occupé à paraître indifférent, normal, pas officiel.

« Je passais, répéta-t-il.

— Une tasse de thé ?

— Je ne veux pas m'attarder.

— Votre dame gonflée vous attend ? demanda Rynn en souriant. Oh ! pardon. Je suppose que Mario a déteint sur moi. Vous allez peut-être me traiter de mariole ?

234

— Ça, c'est une chose que vous ne serez jamais. »

Qu'entendait-il par là ? Qu'elle était autre chose ? Il ne voulait probablement pas dire ça du tout. Parfois, les Américains la redoutaient, leur langage lui paraissait vague. On ne savait jamais ce que pensaient réellement les gens. Elle avait horreur de ça.

Il regardait du côté du salon. Rynn alluma, pour qu'il puisse voir que tout était normal, en ordre.

« Seule ? demanda-t-il.

— Mon père est là. »

Miglioriti ne la regarda pas mais continua d'examiner la pièce, sans un mot.

Elle savait qu'il ne disait rien parce qu'en lui répondant il entamerait toute une suite de questions et de réponses au sujet de son père, dont aucune ne le satisferait. Il avait fait ça deux fois. Il n'entendait plus jouer son jeu. Pas une troisième fois.

« Rynn, je pense que vous avez fini par comprendre que je ne crois pas un mot de ce que vous m'avez dit de votre père.

— Non ? »

La voix de la petite fille était plus que fraîche, hautaine.

« Ecoutez. Je comprendrais que vous vouliez faire croire que votre père est là si Mario y était. Vous n'avez pas besoin de m'expliquer comment vont les ragots dans une petite ville. Mais ce que

235

je ne pige pas c'est que vous persistiez à faire semblant alors que nous savons tous les deux que votre père est absent. Il n'a pas été là... »

Les yeux de Rynn le regardaient en face, fixement, avec une expression qui le fit taire brusquement. Il passa une main dans ses cheveux.

« Et ne prenez pas cet air-là, comme si je venais de flanquer un coup de pied à Sa Majesté la reine ou je ne sais quoi ! Je ne vous ai pas crue la première fois. Ecoutez. J'espérais que vous alliez m'aider. J'ai attendu que vous me disiez où il est. »

Elle continua de le regarder en silence.

« Maintenant vous allez m'aider, n'est-ce pas ?

— Je me demande si vous vous rendez compte de votre insupportable condescendance.

— Je suis navré si vous avez cette impression, mais vous ne m'avez encore jamais répondu franchement. Si j'essaie d'ouvrir la porte de ce bureau, dit-il en avançant dans le vestibule, allez-vous me raconter qu'il est en train de travailler ?

— Non. Mais il a travaillé. Il a fait des traductions. Tout l'après-midi.

— Je vois. »

Miglioriti ne put dissimuler son irritation, en constatant qu'une fois de plus il tombait dans ses pièges. Avec une patience exagérée, comme quelqu'un qui a raconté trop souvent la même histoire et la répète jusqu'à la nausée, il dit :

« Mais il n'est pas là en ce moment. C'est ça ? Peu importe. Je n'ai pas la nuit devant moi. Ecoutez, ce que vous faites vous regarde, mais...

— J'ai transgressé des lois ?

— Pas que je sache.

— J'ai fait quelque chose de mal ?

— Rynn, pourquoi ne voulez-vous pas me parler de votre père ?

— Vous allez faire attendre votre amie.

— Ne vous mêlez pas de ça ! »

Elle secoua la tête avec assez d'arrogance pour faire voler ses cheveux par-dessus son épaule. D'une main, elle les lissa contre son cou.

« Que voulez-vous savoir ?

— Je veux savoir où est votre père.

— En ce moment ?

— Oui !

— En ce moment, il est en haut. Il se repose. »

Miglioriti ne souriait plus.

« Ecoutez. Je suis venu ici trois fois. A chaque fois, vous m'avez impressionné, j'ai admiré votre habileté à choisir vos mots. Vous prenez beaucoup de précautions en parlant. Bougrement trop, si vous voulez mon avis.

— Vous ne croyez pas qu'il est là-haut ?

— Excusez-moi, mais je n'ai jamais cru un seul mot de ce que vous me racontiez. »

La petite fille courut jusqu'au pied de l'escalier.

« Papa ? »

Elle escalada les marches et appela une deuxième fois.

« Papa ? »

Avant que Miglioriti puisse s'assurer qu'une voix répondait à Rynn, elle dévalait l'escalier et le rejoignait.

« Il va descendre tout de suite.

— Mr. Jacobs ? »

Le cri de Miglioriti claqua comme un coup de feu dans la petite maison.

« Vous avez parfaitement raison, naturellement, dit posément Rynn. Je ne vous ai pas toujours dit la vérité. C'est parce que... »

Elle baissa les yeux sur son chandail noir, le tira sur son jean.

« Eh bien, vous comprenez, la vérité c'est que... Mon père n'est pas toujours dans son assiette. »

Elle se tut, comme s'il y avait beaucoup d'autres choses qu'elle ne pouvait révéler. L'agent indiqua clairement qu'il était prêt à attendre, qu'il avait tout son temps pour écouter *tout* ce qu'elle voudrait bien lui dire.

« Vous comprenez, les poètes ne sont pas des gens comme les autres.

— Il y a une minute, c'était moi que vous accusiez de condescendance. »

Elle ne s'excusa pas.

« Vous ne vous rendez peut-être pas bien compte. Je veux dire. Edgar Allan Poe était

238

drogué. Dylan Thomas est mort alcoolique. Sylvia Path s'est suicidée.

— Nous parlons de votre père.

— Mon père, dit-elle, s'enferme parfois dans ce bureau, au fond du vestibule. A clef. Il a quelque chose dans un tiroir. Inutile de me demander ce que c'est, je n'en sais rien. Mais quand il s'enferme, je sais que c'est parce qu'il ne veut pas que je le voie dans l'état où il se met. »

La figure de Miglioriti n'exprima rien, ni crédulité ni scepticisme. La petite fille marcha avec lui jusqu'à la porte. Miglioriti tourna le bouton, poussa. La porte ne s'ouvrit pas.

« S'il n'est pas là en ce moment, pourquoi est-ce fermé à clef ?

— Vous ne me croyez pas, quand je vous dis qu'il est là-haut ?

— Je veux entrer dans ce bureau.

— Est-ce qu'en Amérique la police a le droit d'enfoncer simplement des portes ? Je veux dire, vous n'avez pas besoin d'un mandat de perquisition, quelque chose comme ça ? »

Il tendit une main.

« Donnez-moi la clef, s'il vous plaît. »

Elle courut jusqu'au bas des marches.

« Papa !

— Donnez-moi la clef, répéta Miglioriti.

— Elle est en haut, répondit-elle, trop vivement. C'est lui qui l'a.

— Alors allez la chercher ! »

Rageuse, elle tourna les talons, monta au premier.

En son absence, Miglioriti inspecta le salon. Il retourna les coussins du canapé, ne trouva rien, les remit en place. Puis il ouvrit le coffre à bois et le referma sans bruit. Il prit le livre de poèmes sur la cheminée.

« Vous avez demandé la clef. »

Il se retourna et vit Rynn sur le seuil, tenant une clef de bronze brillante. Replaçant le livre sur la cheminée, il traversa le salon en trois enjambées, prit la clef, alla à la porte du bureau et la glissa dans la serrure. Il allait la tourner quand il entendit une voix, au sommet de l'escalier.

« Oui, monsieur l'agent ? »

Ahuri, Miglioriti se retourna et leva les yeux. Un homme se tenait à contre-jour sur le palier, en robe de chambre et pantalon de flanelle. L'homme descendit une marche ou deux, puis se cramponna à la rampe.

« J'espère que vous me pardonnerez si je ne descends pas jusqu'à vous. Pas tout à fait dans mon assiette, je le crains.

— Papa, c'est l'agent Miglioriti, dont je t'ai parlé.

— Bonsoir, monsieur, articula finalement le jeune policier. Je suis navré de vous déranger.

— Du tout, du tout. C'est à moi de m'excuser. Apparemment, vous avez eu du mal à me joindre. Je me promettais tous les jours d'aller vous remercier de veiller sur nous, encore que je doute fort que ma fille et moi méritions tant de sollicitude. Rynn, ne reste pas plantée là. Sers à boire à notre ami.

— Non merci, monsieur. »

Miglioriti s'approcha de l'escalier. La silhouette se déplaça et la lumière tomba sur les cheveux gris de Jacobs, longs comme il sied à un poète, et sur sa barbe soigneusement taillée.

« J'avoue être assez fatigué. Votre cité de New York n'est pas, je le crains, un lieu particulièrement reposant. Mais, comme on dit, cela n'est qu'un détail. Alors ? Que pouvons-nous faire pour vous, ma fille et moi ?

— Pas de problème, monsieur », bredouilla Miglioriti.

Machinalement, il passa une main dans ses cheveux et jeta un coup d'œil à la porte d'entrée. Rynn devina que rien de ce que dirait ou ferait cet homme ne pourrait dissimuler le fait qu'il n'avait qu'une envie, quitter au plus vite cette maison.

« Rynn, va donc chercher un de mes livres dans le bureau, veux-tu ? »

La petite fille poussa la porte que Miglioriti avait ouverte à demi.

« Et un stylo ! » cria le poète.

Lorsqu'elle revint avec le livre et le stylo l'homme barbu s'adossa contre le mur, au sommet des marches.

« Je suis réellement navré que nous nous

soyons si souvent manqués. Rynn me dit que nous vous avons promis un exemplaire dédicacé. »

Il tendit une main vers sa fille, en toussant.

« Si vous voulez avoir l'amabilité de m'épeler votre nom ?

— Mettez juste Ron, ça ira.

— Oui, bien sûr. »

Jacobs griffonna quelques mots sur la page de garde et rendit le livre à Rynn qui descendit le donner au policier.

« Je vous remercie, monsieur.

— Ma fille me dit qu'une jeune personne vous attend dans votre voiture. Voudrait-elle aussi un exemplaire de mon livre ?

— Elle n'est pas précisément mordue de poésie », répondit Miglioriti en riant de sa propre plaisanterie.

L'homme sur la haute marche, comprenant avec une seconde de retard, rit aussi. Miglioriti reculait vers la porte.

« Je suis enchanté d'avoir fait votre connaissance, monsieur. »

L'homme aux cheveux gris remonta le col de sa robe de chambre et leva une main.

« Moi de même, monsieur l'agent. Si je ne dois pas retourner bientôt en Angleterre pour affaires, je suppose que nous nous reverrons... Plus longuement j'espère.

— Bonsoir, monsieur.

— Merci. Bonne soirée, mon ami. »

L'homme paraissait très fatigué, mais sa voix anglaise était légère, joviale ; il se retourna et remonta lentement.

A la porte, Miglioriti regarda Rynn.

« Je suppose que je vous dois des excuses.

— Pourquoi ? Pour avoir fait votre devoir ? »

Il lui rendit la clef.

« Bonne nuit. »

Il ouvrit la porte et disparut dans l'obscurité.

« Bonne nuit ! » cria Rynn.

XVI

Rynn regarda la voiture de patrouille s'éloigner le long du sentier, puis elle referma lentement la porte, la verrouilla et, dans un brusque éclat de rire, elle gravit l'escalier quatre à quatre.

« Mario le Magicien ! »

Rayonnante, elle courut jusqu'à sa chambre et là, sur le seuil, elle s'arrêta, savourant sa joie, s'efforçant de la faire durer. Elle s'adossa au chambranle de bois. Sa chambre était blanche et jaune. Les boiseries sculptées à panneaux, le plafond mansardé étaient d'un blanc éclatant. Des rideaux jaune vif imprimés de petites roses blanches reflétaient la lumière jaune de la lampe, aussi gais qu'un soleil de mai. Un dessus de lit assorti était rabattu et traînait par terre, découvrant un éblouissement de draps blancs.

Sa chambre. Pour elle seule, toujours seule.

Mais à présent Mario, engoncé dans la robe de chambre de son père, était assis sur le lit, une boîte de kleenex jaune sur les genoux.

« Ta voix ! s'exclama-t-elle. Absolument parfaite ! Si grave.

— C'est ce foutu rhume, nasilla-t-il en étouffant son éternuement dans un mouchoir de papier.

— Je veux dire, tu avais vraiment l'accent tellement anglais !

— Tu écris de bons textes. »

Il tourna vers Rynn son profil barbu, porta la pipe à sa bouche et parla comme il l'avait fait à Miglioriti :

« Rynn me dit que nous vous avons promis un exemplaire dédicacé de mon livre.

— Absolument sensationnel ! pouffa-t-elle, tout illuminée de bonheur.

— Comment épelez-vous votre nom ?

— Ça, c'est ton idée ! »

Ils éclatèrent de rire tous les deux. Dans sa joie délirante, Rynn faillit tomber en se précipitant vers le lit.

« Ce qu'il y a de si foutrement épatant c'est que tout se tient. Ton oncle Ron ne le fera pas, mais si jamais il porte le livre à la banque ou à l'agence Hallet pour comparer la signature avec celle de la demande de chéquier ou du bail, c'est un bouquin que papa avait déjà signé ! »

Mario renifla dans un kleenex.

« Alors tu vois, non seulement tu es un comé-

dien formidable mais aussi un damné faussai-
re ! »

Lentement, délicatement, comme s'il décollait
la croûte d'une plaie en cours de cicatrisation,
Mario arracha sa barbe et sa moustache.

« J'ai du génie, je te dis », assura-t-il en cueil-
lant sur sa lèvre un poil de barbe.

Rynn ôta son chandail noir et son jean et
sauta sur le lit ; elle s'empara de la barbe et
l'accrocha à l'un des montants. En la regardant
ils se mirent à rire aux éclats.

Quand elle put enfin parler sans exploser de
nouveau, elle murmura :

« Si tu n'étais pas revenu, comment diable
aurais-je su que ton oncle Ron allait passer ce
soir ?

— J'aurais téléphoné ?

— Il ne faut pas. Jamais. Nous l'avons déjà
décidé ! »

Elle dénoua la ceinture de la robe de chambre,
écarta les revers sur les épaules du garçon.

« Je serais revenu quand même.

— Je l'espérais, tu sais.

— Sauf que...

— Mon chéri, je *sais !*

— Je veux dire, après ce qui s'est passé, ou
plutôt ne s'est pas passé la première fois... Tu ne
peux pas savoir l'effet que ça fait à un garçon.
Bon Dieu, je veux dire, j'avais vraiment la
trouille que ça recommence. »

Rynn embrassa son épaule blanche.

« Mince, dit-il. Tu te rends compte, si j'avais dit à mon oncle Ron ce qu'il interrompait, hein ? »

Parce que la figure de Rynn était collée contre son dos, sa voix lui parvint étouffée :

« Un gentleman, déclara-t-elle en exagérant son accent anglais, ne révèle rien. *Jamais.*

— En Angleterre peut-être. Mais je te jure qu'ici, les gars le crient sur les toits ! »

Elle écarta sa joue de son épaule et regarda Mario se dépouiller de la robe de chambre et se jeter sur l'oreiller à côté d'elle, en souriant largement. « Je te parie tout ce que tu voudras que la moitié des gars de l'équipe de foot ne font encore qu'en parler ! »

Son regard croisa celui de Rynn. La lumière filtrant par l'abat-jour jaune faisait paraître ses yeux plus verts qu'il ne les avait jamais vus. Il avança la main et se mit à compter ses taches de rousseur du bout de l'index.

« Tu sais que je ne dirai rien. »

De l'ongle, elle traça deux lignes sur le torse nu du garçon.

« Croix de bois, croix de fer, voilà !

— Je te jure, Rynn. Sérieusement. »

Elle sourit mais elle sentait des larmes brûlantes lui piquer les yeux.

« Comment peux-tu imaginer un instant que je n'ai pas confiance en toi, murmura-t-il, ses yeux noirs terriblement graves. Je veux dire, la plupart des gens n'ont jamais à surmonter autant d'épreuves que nous, même pas dans une vie entière. »

Rynn embrassa légèrement Mario derrière l'oreille.

« Personne ne nous découvrira. »

Elle s'écarta, mais seulement pour tirer sur eux le drap et la couverture, puis elle posa son menton sur la poitrine de Mario, et le contempla.

« Tu vois comme j'ai besoin de toi ?

— A moins, dit-il en reprenant son accent anglais, à moins que je sois obligé de retourner en Angleterre pour affaires, nous nous reverrons certainement. »

Ils se serrèrent l'un contre l'autre.

« L'ennui, murmura-t-elle d'une voix lointaine, une de ces voix qui hésitent à formuler des craintes, c'est qu'ils vont fatalement se demander où tu es.

— Qui ça, ils ?

— Tu l'as déjà demandé.

— Tu n'as pas répondu.

— Tout le monde. Ta famille, pour commencer. Ton oncle... Hallet », ajouta-t-elle au prix d'un gros effort.

Mario savait qu'elle n'avait pas fini.

« Ils se demandent déjà pourquoi on ne me voit presque jamais au village, reprit-elle en souriant secrètement. Nous ne pouvons pas leur laisser se poser aussi des questions sur toi.

— Qu'est-ce qui te fait sourire ?

— Toi. Moi.

— Non. Tu penses à autre chose.

— Emily Dickinson.

— Qui ne sortait jamais de sa maison à moins d'y être obligée ?

— « A moins que la nécessité me prenne par la main. »

— Tu crois qu'elle cachait un amant dans sa chambre ?

— Je l'espère bien. »

Elle pouffa, ses lèvres douces sur celles de Mario.

« Quand même, souffla-t-elle, nous devons être prudents.

— Oui.

— Il faut tout prévoir. Prévoir et se tenir prêts à les affronter à tout instant.

— Rynn ?

— Mmm ?

— Tu crois que nous pourrons ?

— Bien sûr.

— Vivre à ta façon, je veux dire. Souviens-toi, quand je t'ai demandé si ce serait si terrible, si tu *devais* jouer leur jeu ? »

Elle releva la tête. Ses yeux lançaient un défi.

« Si nous jouions leur jeu tu serais chez toi en ce moment, tu mangerais les épouvantables spaghetti de ta mère et tu regarderais l'abominable télé. Et je serais toute seule. »

Mario se détourna et parut examiner la pente du plafond.

« Mario ?

— Mmm ?

— Tu le comprends, n'est-ce pas ?

— Bien sûr.

— Je veux dire, c'est pour ça que tu as fait tout ça. Si nous ne continuons pas tous les deux, nous serons comme les autres. Tu ne les as jamais regardés ? Vraiment regardés ? Tu ne veux pas être comme les autres, dis ?

— Non, sans doute. »

Elle se souleva sur un coude pour regarder fixement le garçon.

Il ne se retourna pas. Il murmura :

« Tu n'as jamais pensé que peut-être je jouais ton jeu ?

— Tu l'as fait parce que tu le voulais !

— Je l'ai fait parce que je t'aime. »

Elle l'examina avec attention.

« Tu veux savoir ?

— Quoi ?

— Tu te retiens d'éternuer. »

Elle tendit le bras vers la table de chevet, de l'autre côté du lit, et arracha une poignée de kleenex jaune.

Le garçon les lui prit des mains avant d'exploser.

« Tu vas attraper mon rhume.

— Je ne voudrais pas m'en passer ! »

Pour prouver sa sincérité, elle l'embrassa farouchement sur la bouche. C'était vrai, sa figure, son front étaient brûlants.

« Tu as de la fièvre, tu sais.

— Je me demande pourquoi. »

Cela les fit rire.

« Mario ?

— Mmm ? »

Le *mmm* très anglais était une expression qu'il avait empruntée à Rynn.

« Quand je t'ai dit que j'étais très heureuse d'être toute seule, j'ai menti. »

Avec plus de douceur qu'elle, Mario embrassa la figure de Rynn, ses yeux, qu'elle n'avait encore jamais soupçonné qu'on pût vouloir embrasser. Elle savait qu'il goûtait le sel des larmes brûlantes perlant entre ses paupières crispées et ruisselant sur ses joues. Elle pleurait, elle riait — tous ses sentiments changeaient si vite qu'elle n'avait pas le temps de s'interroger, pas le temps de réfléchir, uniquement celui d'éprouver — tant les événements se précipitaient.

« Je m'efforce d'être courageuse, comme mon père me l'a demandé, mais parfois tout me fait tellement peur...

— Chut. »

La bouche du garçon scella ses lèvres.

« Mario, Mario chéri, ne me quitte jamais... Promis ? »

Le corps ferme du jeune garçon se moula sur celui de Rynn, des pieds à la tête. Aussi changeant que son rire et ses larmes, il était en feu un instant, et grelottait de froid une seconde plus tard.

Cherchant et donnant du réconfort, s'appliquant à tout partager, ils s'efforcèrent de ne plus faire qu'un, jusqu'à ce qu'il soit impossible de distinguer le consolateur de celui qui avait besoin d'être consolé.

XVII

« L'ODEUR des feux de feuilles mortes me fait
penser à Londres... »

Rynn s'adressait à l'agent Miglioriti, en cet
après-midi ensoleillé de mardi, où le soleil brillait mais où le froid était assez vif pour qu'elle
portât son duffle-coat.

« N'est-ce pas incroyable ? Toutes ces feuilles... Toutes les feuilles du monde, vraiment, qui
doivent disparaître pour que nous ayons l'année
prochaine un monde nouveau et plein de feuilles
vertes ? »

Miglioriti n'était pas venu parler de feuilles
d'automne, et tout en essayant de prendre un air
détaché il commençait à s'impatienter.

Rynn taillait les chrysanthèmes, coupait les
tiges des zinnias morts, ratissait les feuilles en

un monceau qui brûlait lentement en dégageant une fumée blanche.

A travers l'écran de fumée, elle avait vu arriver la voiture de patrouille. Avant que le conducteur puisse l'apercevoir elle s'était précipitée dans la maison pour allumer une gauloise et remplir le salon de l'odeur âcre du tabac français. Par la fenêtre, au-delà des tourbillons de fumée, elle observa le policier. Quand elle fut certaine que l'odeur de la cigarette avait bien imprégné la pièce, elle courut dehors et jeta la gauloise dans le feu de feuilles mortes juste avant que Miglioriti apparaisse sur le sentier.

« Belle journée, dit le policier.

— Merveilleuse ! Les Anglais adorent jardiner, vous savez ? »

Ils bavardèrent, de choses et d'autres, tandis qu'elle attendait que Miglioriti lui exposât la raison de sa visite. Elle poussa dans le feu des glands verts et des marrons d'Inde luisants. Finalement, le policier lui dit :

« Tant que le sol est encore humide, nous pourrions jeter un coup d'œil et voir si votre père et vous, vous avez reçu des visiteurs ?

— D'accord !

— Je ne voudrais pas vous déranger.

— Pas du tout. Je vais chercher avec vous. Si ça ne vous fait rien, je veux dire. J'adore les romans policiers. Vous avez lu ceux d'Agatha

Christie ? La plupart de ses crimes ont lieu en Angleterre, dans de vieux manoirs sensationnels... Notez que des maisons comme ça, ça n'existe plus, mais c'est agréable malgré tout de pouvoir y croire... »

Côte à côte, ils contournèrent la maison.

« En Angleterre, nous avons toujours eu un jardin. Même à Londres, un charmant petit bout de terrain minuscule derrière l'appartement, plein de dahlias, de gueules-de-loup, de glaïeuls et de delphiniums. Ou doit-on dire delphinia ? »

Ils approchaient de la treille.

« Que cherchons-nous ? demanda-t-elle avec un peu trop d'enthousiasme, comme si elle entrait dans un jeu de détective. Des empreintes de pas ? »

Du bout du pied, Miglioriti écarta des feuilles mortes. Elle comprit immédiatement qu'il remarquerait tout de suite que la terre venait d'être retournée.

Tout comme le policier, elle réussit à parler d'une voix nonchalante, quand elle expliqua que c'était un nouveau massif de tulipes que son père et elle avaient préparé. Ils avaient planté des oignons de tulipes perroquet.

L'agent examina la terre et les feuilles pourries.

« Vous connaissez les tulipes perroquet ? reprit-elle vivement, en parfaite jardinière anglaise faisant visiter ses terres. Les bords tout déchiquetés, des couleurs incroyables. Ce doit être pour ça qu'on les appelle perroquet. »

Elle courut dans l'herbe sèche pour aller se pencher à la fenêtre ouverte sur la treille.

« Papa, c'est Mr. Miglioriti », dit-elle, puis elle se retourna en souriant à l'agent. « Vous voulez entrer un moment ? »

Miglioriti regarda autour de lui, cueillit une grappe de raisins ratatinés et la jeta.

« C'est vous que je viens voir.

— C'est très flatteur », répliqua-t-elle gaiement.

Il soupesa une pomme, encore accrochée à l'arbre crucifié contre le mur de la maison.

« Cueillez-la, si vous voulez. »

Mais l'agent laissa la pomme retomber contre le mur.

« Je suis venu vous voir.

— Oui, vous venez de me le dire.

— Je ferais mieux de vous avouer tout de suite que je ne vous comprends pas du tout. »

Les yeux noirs sondèrent l'expression de Rynn jusqu'à ce qu'elle se sente gênée, et tire machinalement sur son long chandail noir.

« Qu'est-ce que vous ne comprenez pas ? »

Les gros souliers du policier écartèrent le tapis de feuilles mortes.

« Regardez un peu, dit-il.

— Des empreintes de pas ?

— Voyez vous-même.

— Elles vous apprennent quelque chose ?

« — Ma foi », marmonna-t-il sans se compromettre.

Il tournait le dos, Rynn ne voyait pas sa figure, mais elle sentait qu'il allait répéter qu'il ne la comprenait pas. Il faudrait faire attention. Il parla enfin :

« Vous ne m'avez pas demandé de nouvelles de Mario. »

Un sanglot échappa à Rynn. Ses yeux brûlaient de larmes. Il avait percé son armure, ce qui était précisément ce qu'il cherchait.

« Depuis samedi ! Trois jours entiers sans...

— Vous ne saviez pas ?

— Quoi ? Quoi donc ?

— Il est à l'hôpital. »

Elle ferma les yeux, attendit la suite.

« Pneumonie.

— Et je ne le savais pas ! C'est grave ?

— Sans les antibiotiques, il ne s'en serait sans doute pas tiré.

— *Personne ne m'a rien dit !*

— Je suis navré. Je croyais que vous le saviez.

— Comment voulez-vous que je le sache ? Vous auriez dû me le dire tout de suite ! »

Elle ne cherchait plus à se maîtriser. Eperdue de chagrin, elle oubliait ce qu'il y avait sous la terre, à l'endroit où ils se tenaient.

« Ici, au bout de ce chemin, vous êtes plutôt isolée.

— *Je dois le voir !*

— Vous pouvez venir maintenant ? »

Déjà Rynn courait vers la voiture de patrouille. Miglioriti retourna au tas de feuilles en combustion, éparpilla le feu, l'éteignit.

Rynn l'attendait dans la voiture.

« Vous l'avez vu ?

— Oui.

— Comment va-t-il ?

— Il délire. Il marmonne. Il parle tout haut. »

Rynn frissonna soudain, l'esprit vidé. Son cœur lui remontait dans la gorge.

« Il dit n'importe quoi.

— Oui ?

— Il parle de vous deux.

— Oui ?

— Il dit qu'il vous aime. »

Les joues de Rynn brillaient de larmes. Elle fouilla dans ses poches, en tira un peigne, le passa dans ses cheveux. Elle fourra les deux mains dans ses poches.

« J'ai besoin de mon portefeuille, je... »

Elle descendit et courut vers la maison.

Quand elle dévala l'escalier elle découvrit Miglioriti dans le salon, abaissant le couvercle du carton de bocaux.

Elle attendit dans le vestibule.

« Je suis prête. »

Mais l'agent contemplait le carton.

« Elle n'est jamais venue ?

— Qui ?

— Mrs. Hallet.

— Non.

260

— Elle a dit à son fils qu'elle venait chez vous.

— Elle n'est pas venue. Pouvons-nous aller à l'hôpital, maintenant ?

— Elle n'en aura plus besoin, dit-il, et il ajouta vivement : ce n'est qu'une opinion, vous comprenez ? »

Rynn fit un effort pour parler posément mais elle sentait au fond de ses poches ses mains couvertes de sueur froide.

« Vous... Vous l'avez trouvée ?

— Pas encore.

— Mais vous disiez... »

Il donna un léger coup de pied dans le carton. Les bocaux tintèrent. Il s'en écarta enfin, contourna la table ancienne, foula le tapis tressé.

« Je crois — encore une fois ce n'est qu'une opinion et si vous le répétiez je devrais le nier —, mais je crois que nous ne la retrouverons jamais.

— Non ? »

Elle mourait d'envie de demander à l'agent *pourquoi*, pour quelle raison il pensait que personne ne retrouverait jamais cette femme.

« J'ai vu Hallet ce matin. Il conduisait sa Bentley. »

De sa voix la plus indifférente, Rynn répliqua :

« Pourquoi ne la conduirait-il pas ?

— Venez. Nous parlerons de tout ça dans la voiture. Prête ? »

Rynn courut frapper à la porte du bureau.

« Papa ? Je vais à l'hôpital avec Mr. Miglioriti. Pour voir Mario. Je te téléphonerai de là-bas, pour te dire à quelle heure je rentre. A tout à l'heure. »

Rynn alluma le projecteur extérieur, sortit, ferma la porte à clef et courut vers le sentier. Dans la voiture de patrouille, la radio grésillait : au centre commercial une femme avait laissé ses clefs de voiture à l'intérieur et les portières s'étaient automatiquement verrouillées.

« Et si on laissait fondre toute sa viande surgelée ? proposa Miglioriti. Pour vous conduire d'abord à l'hôpital ? »

C'était la première fois que Rynn montait dans une voiture de police. En silence, elle attendit que la radio se remette à caqueter.

« Pour ce qui est de Mario, reprit le policier, ne vous faites pas de souci. Il est très bien soigné. Il a tout ce qu'il lui faut.

— Facile à dire. »

L'agent ne la regarda pas, mais il sourit.

« J'espère que dans les mêmes circonstances ma grosse blonde aura les mêmes réactions. »

La voiture s'engagea sur la route secondaire menant à l'autoroute.

« Nous parlions de Frank Hallet à l'instant, au volant de la voiture de sa mère. Vous m'avez demandé comment il s'est procuré les clefs.

— Non, répliqua Rynn. J'ai dit simplement pourquoi ne la conduirait-il pas ? »

Rynn suppliait la radio de dire quelque chose,

d'interrompre cette conversation avec un appel plus angoissant que celui d'une femme coincée dans le parking d'un supermarché, qui exigerait toute l'attention de Miglioriti.

« Mario ne vous a jamais dit que Mrs. Hallet ne permettait à personne, pas même son fils, de conduire sa voiture ?

— Peut-être, je ne sais plus.

— Vous ne saviez pas que depuis sa disparition la voiture était fermée à clef ? »

Rynn comprenait que chaque question pouvait dissimuler un piège. Et maintenant qu'elles se succédaient plus vite qu'elle ne pouvait réfléchir, sa seule défense était de ne pas répondre.

« Ni qu'on a dû la remorquer depuis l'agence jusqu'au garage du père de Mario ? »

Miglioriti ralentit, pour laisser sortir d'une allée une voiture en marche arrière.

Rynn ne pensait qu'à Mario, couché dans un lit d'hôpital. Elle était malade d'inquiétude, incapable d'écouter ce qu'on lui disait, mais elle savait qu'elle devait se tenir prête, rester sur ses gardes. En ce moment même, est-ce que le policier l'interrogeait, ou bavardait-il simplement ?

Il attendait qu'elle lui demandât comment Hallet avait fait pour ouvrir les portières de la voiture et comme elle se taisait toujours, il posa lui-même la question :

« Comment pensez-vous qu'il soit entré dans la voiture ?

— Il a fait venir un serrurier ?

— Ouais, fit Miglioriti apparemment déçu que la logique de la petite fille ait fait si peu de cas du mystère.

— Je veux dire, ce n'est pas ce que vous auriez fait, à sa place ? demanda-t-elle. Moi, si.

— Oui, si j'étais certain de ne jamais revoir ma mère.

— Vous lui avez posé la question ?

— On ne pose pas de questions aux Hallet. On *cause* avec eux, très poliment, et sans jamais insister. A présent, Frank Hallet est un homme riche. Nous allons le voir souvent, se pavanant dans cette Bentley...

— Vous ne l'aimez guère, n'est-ce pas ?

— Disons que j'espère que vous verrez tous le jour où ce foutu salaud fera un faux pas. Jusque-là, il va falloir le regarder passer, au volant de la voiture de sa mère ! »

Il s'arrêta à un feu rouge. Tendant une main, il boutonna au cou le manteau de Rynn.

« Non, dit-il. Je ne l'aime pas. »

Ils roulèrent en silence.

« Vous voulez parier qu'il va se pointer ce soir à la tombola de la police ? »

Miglioriti s'engagea sur l'autoroute, mais dans la direction opposée au village. Il dut deviner l'étonnement de Rynn.

« Mario n'est pas au village. Le médecin a tenu à le faire hospitaliser en ville. »

Elle eut l'impression que cette décision aggravait l'état de Mario.

« Vous avez de l'argent, pour rentrer, pour prendre l'autobus ? »

Rynn hocha la tête.

Les vitres de la voiture se couvraient de buée. L'agent brancha le dégivreur. Dans les rues, la circulation devenait plus dense. Miglioriti baissa la tête, pour voir au carrefour le feu passer du rouge au vert.

« L'hôpital est là, sur la droite », dit-il en s'arrêtant le long du trottoir.

Rynn essuya la buée sur la vitre de sa portière et contempla le grand bâtiment gris. Mario était couché, là-dedans. Sa main s'abaissa sur le loquet.

« Avant que vous partiez, j'ai quelque chose à vous dire. »

Elle examinait toujours l'hôpital.

« Avez-vous remarqué que lorsque j'ai parlé de Hallet j'ai dit que j'espérais que vous verriez le jour où il ferait un faux pas ? J'ai dit ça parce que je ne serai plus là. Vous ne me verrez plus. »

Rynn, inquiète, pensant à Mario, mit un moment à comprendre ce que le policier lui disait.

« Je pars pour la Californie.

— Mais vous travaillez ici !

— Plus maintenant. J'ai fini par me décider. J'ai démissionné. »

La peur, comme une boule glacée dans la gorge, l'étouffa, mais elle réussit à s'exclamer :

« Vous avez pu ? Je veux dire... Laisser tout tomber ? Comme ça ?

— Pas « comme ça ». Ça fait plus d'un an que j'y songe. »

Il ôta sa casquette et la posa sur le siège, entre eux ; sa main caressa le volant.

« Ça veut dire que je vais perdre mon ancienneté. Il va me falloir recommencer à zéro, à San Francisco, mais je suppose que c'est la meilleure solution pour moi.

— Non !

— Ma décision est prise.

— C'est à cause de cette fille ?

— Elle sera heureuse de vivre là-bas, elle aussi...

— Mais vous dites que vous perdrez votre ancienneté.

— A vrai dire, je n'ai guère d'avenir ici. Dans cette ville. »

Rynn regarda la petite lucarne claire qu'elle avait essuyée sur la vitre se recouvrir de buée.

« Sans entrer dans les détails techniques, il y a un conseil qui étudie tous les cas de promotion.

— Et Hallet y siège ?

— Non. Mais je n'ai pas envie d'attendre pour découvrir qu'il a des amis qui en font partie...

— Vous ne pouvez pas partir !

— Vous allez me manquer, Rynn. »

266

Immobile, dans la chaleur étouffante, elle sentait la sueur perler à son front.

« Un de mes plus grands soucis, c'est de vous laisser. Ça vous surprend ? »

Rynn, incapable de répondre, secoua la tête.

« Je n'ai jamais aimé vous savoir toute seule au bout de ce chemin, avec Hallet qui rôdait autour de vous, enfin, tant que je vous croyais toute seule... Je dois vous avouer qu'avant d'avoir fait la connaissance de votre père, j'étais persuadé que vous l'étiez... toute seule. Ce que je ne pouvais pas comprendre, voyez-vous, c'était *pourquoi*, à chacune de mes visites, vous jouiez une telle comédie pour me faire croire que votre père était à la maison. J'ai commencé à comprendre quand j'ai découvert ce qui se passait, entre Mario et vous. Vous vouliez le protéger. D'accord. Je veux dire, vous êtes plutôt jeunes tous les deux, mais après tout ça vous regarde. Malgré tout, c'est seulement après avoir vu votre père que j'ai pu me détendre, me faire moins de souci au sujet de Hallet. Ma visite d'aujourd'hui n'était qu'une dernière vérification, pour voir si Hallet avait fini par comprendre. A présent, puisque vous n'êtes pas toute seule, je peux partir tranquille en sachant que vous ne risquez rien. »

Rynn avait envie de crier qu'elle avait besoin de lui, de secours. Elle ravala des larmes amères.

« C'est très important pour moi, de savoir que vous ne risquez rien, Rynn. »

Elle ne répondit pas. Le silence dura plusieurs minutes.

« Je passerai dire au revoir à Mario avant de partir, mais je n'aurai peut-être pas l'occasion de vous revoir... »

Elle attendit.

« Alors je suppose que nous nous quittons maintenant... »

Elle pressa sa joue contre celle de Miglioriti. Le claquement de la portière couvrit son sanglot.

XVIII

« JE ne quitte jamais ma maison, à moins que la nécessité me prenne par la main », avait écrit Emily Dickinson.

Rynn n'ignorait pas le risque qu'elle prenait en allant voir Mario. Cette ville, cet hôpital, tout cela c'était le monde. Elle n'était plus capable de se cacher dans sa petite maison sous les arbres, au bout du sentier, où elle pouvait s'enfermer à clef. Comment savoir qui elle allait rencontrer ici ? Comment se préparer aux questions qu'« ils » pourraient lui poser ?

Ils. Mario lui avait demandé qui *ils* étaient. *Ils* représentaient le danger avec lequel ils devaient vivre tous les deux. *Ils*, cela pouvait être n'importe qui et tout le monde.

La première personne qu'elle vit, l'infirmière au bureau de la réception, raide d'amidon, était une de ces grandes et solides femmes à la voix forte et au rire facile, toujours si promptes à rendre service qu'elle commençait à croire que c'était ce genre de femmes qui dirigeaient l'Amérique. Elles étaient partout, capables, amicales, terriblement suffocantes.

« Il est au premier, au fond du couloir. Au 407. Vous ne pouvez pas vous tromper, c'est la chambre qui a l'air d'abriter un mariage italien ! Suivez le bruit.

— Il a des visites ? »

L'infirmière, qui rappelait à Rynn une star de cinéma américaine, blonde, qu'elle avait vue une fois mais dont elle ignorait le nom, baissa les yeux sur un bras massif et une minuscule montre d'or.

« A cette heure-ci, un mardi après-midi ? J'en doute. Vous pouvez monter. Ah !... Attendez un instant. »

L'enfant retint sa respiration. Est-ce que, déjà, il y aurait des complications ?

La blonde disparut dans un bureau et revint avec un grand bouquet de chrysanthèmes jaunes qu'elle lui fourra dans les bras.

Rynn ne savait trop ce qu'elle devait en faire.

« Prenez-les. Autant qu'il en profite. »

L'infirmière vit les yeux verts écarquillés de la petite fille, au-dessus des fleurs jaunes.

« On les a apportées pour quelqu'un d'autre, mais elle n'est plus là...

— Merci », souffla Rynn.

La femme lui sourit.

« C'est un amour, hein ? A votre place, je me dépêcherais de monter avant que toute la famille rapplique et se mette à glapir. »

Devant la porte du 407, Rynn n'entendit rien, même quand elle colla son oreille au battant. Elle avait décidé de revenir plus tard, si jamais Mario avait des visiteurs. Comme elle n'entendait aucune voix, elle poussa la porte.

Dans la salle, une cloison de plastique en accordéon était à demi ouverte. Dans le lit près de la porte, un gros homme ressemblant à un méchant bouddha regardait entre ses paupières un film à la télévision. Le son était coupé. Une petite fille de douze ans environ qui avait l'air d'avoir mangé trop de spaghetti se gavait de chocolats, assise par terre, puisant les bonbons dans une énorme boîte dorée, et jetant autour d'elle comme des feuilles mortes les petits godets de papier plissé marron.

Un garçon de l'âge de Rynn, une version plus trapue de Mario, était assis près de l'autre lit. Il ne leva pas les yeux de la page en couleurs d'un recueil de bandes dessinées.

Elle vit enfin Mario, très petit, presque perdu dans un lit blanc. Sa figure n'était pas aussi pâle que les draps mais d'une horrible teinte grisâtre qui serra le cœur de Rynn. Elle était certaine qu'il n'aurait pas été plus livide s'il était mort.

Les fleurs à la main, Rynn le regarda, désespérée, sans même s'apercevoir que la petite fille aux chocolats avait levé les yeux et chuchotait quelque chose. Elle s'efforça de maîtriser sa panique. Mario avait été malade, affreusement malade, elle le savait. Il était encore hospitalisé, mais jamais elle n'aurait pu imaginer que Mario, son Mario, Mario le Magicien, pût avoir cet aspect...

La petite fille assise par terre tenait à expliquer ce qu'elle faisait.

« Mr. Pierce dans l'autre lit, il est sourd, alors ça ne lui fait rien que le son soit coupé, dit-elle à voix basse. Et maman dit que quand nous sommes avec Mario nous ne devons pas faire de bruit. Ça ne l'empêcherait pas de dormir, pourtant. »

Elle poussa vers Rynn la boîte dorée.

« Prenez-en un. C'est des cons qui les ont envoyés à Mario. »

Rynn refusa d'un signe de tête.

« Moi je suis Terry, sa sœur. Celui-là, qui se cultive aux B.D., c'est Tom. C'est lui le plus malade. Il est dingue. »

Le petit garçon leva le nez des aventures de Spider Man.

Terry fouilla parmi les chocolats, en goûta un, fronça le nez parce qu'il était fourré au caramel et le rejeta dans la boîte dorée.

Est-ce que l'hôpital autoriserait des visites, même celle d'un frère et d'une sœur, si Mario était aussi malade qu'il le paraissait ?

« Elles sont jolies, ces fleurs, dit la petite fille en admirant les chrysanthèmes. Vous êtes déjà venue ? »

Rynn réussit à sortir de sa léthargie pour secouer la tête, pour indiquer qu'elle n'était encore jamais venue, qu'elle n'avait jamais vu Mario comme ça.

« Il va bien, à présent », déclara la petite fille en dégageant d'entre ses dents un bout de noisette avec l'ongle de son petit doigt.

Rynn trouva enfin sa voix :

« C'est ce que disent les médecins ?

— Mais il a sommeil, vous savez. »

Terry fouillait parmi les godets de papier brun.

« Vous êtes à l'école avec lui ? »

Le choc éprouvé en voyant Mario si blême, drainé de toute vie, n'était pas une excuse pour répondre sans réfléchir. Rynn se dit qu'elle devrait soupeser ses moindres mots. Elle cherchait une réponse quand une voix s'éleva des bandes dessinées :

« Comment veux-tu qu'elle soit à l'école avec lui ? »

Rynn osa se tourner un instant vers le garçon avant de regarder de nouveau Mario. Que savait-il, ce jeune frère ?

« Ben quoi, dit Tom à sa sœur, il est bien plus vieux. Pas vrai ? Hé, quel âge que t'as ?

— Treize ans », répondit Rynn.

Le gosse roula en tuyau son magazine.

« Ouais ? Moi aussi. Comment ça se fait que je t'ai jamais vue à l'école ?

— Nous n'allons peut-être pas à la même.

— Moi, je vais pas à l'école paroissiale, et toi ?

— Moi non plus.

— Alors comment ça se fait ? »

Elle regarda Mario et crut que son cœur allait se fendre. Elle était étouffée de larmes. Les questions se bousculaient, beaucoup trop rapides, et elle tentait d'indiquer, en contemplant fixement le garçon allongé, qu'elle ne pensait qu'à Mario, et pas à des histoires d'école ou d'âge.

« A quelle école tu vas ? insista le garçon.

— Tu veux parier qu'elle va dans un cours privé ? intervint la grosse petite fille. Ils leur apprennent à parler comme ça.

— Ici dans le coin ? » demanda Tom.

Rynn ferma les yeux pour tenter d'effacer le masque sans vie qui était Mario. Elle devait réfléchir. Elle se répéta que ces deux enfants n'avaient pas de soupçons ; ils posaient des questions directes, tout simplement. Les gosses étaient comme ça. Elle se rappela qu'elle connaissait peu d'enfants. Non. Pas vrai. Elle n'en connaissait aucun, si l'on ne comptait pas Mario. Et il n'était pas un enfant. C'était un être humain, une personne, pas une de ces créatures exigeantes bourrées de chocolats et de bandes dessinées. Est-ce que les enfants anglais

étaient aussi comme ça ? Si terriblement francs,
indiscrets avec tout le monde ? Elle entendit la
voix du garçon, toujours aussi exigeante :

« Je t'ai demandé, fit-il, sur un ton accusateur.
Par ici, dans le coin ?

— Non. Pas par ici.

— T'es Anglaise ou quoi ? demanda Terry,
rejetant un autre chocolat entamé dans la boîte.

— Oui.

— Alors d'où c'est que tu connais Mario ? »

Tom avait cette façon de s'exprimer qu'elle
trouvait typiquement américaine, ni amicale ni
hostile, qui énonçait simplement des faits.

« A vrai dire, grâce à son numéro de magicien. »

Rynn posa les chrysanthèmes sur un meuble ;
elle avait envie de hurler à ces deux garnements
qu'elle voulait être seule avec Mario, leur crier
de partir. Elle ajouta posément :

« Dans une soirée d'anniversaire. L'autre
samedi, il a fait un numéro ravissant.

— Ravissant, imita Terry en minaudant, la
bouche en cul de poule.

— C'est un foutu cabot », déclara Tom.

Il déroula son magazine et se replongea dans
les aventures de Spider Man.

« Tu sais pourquoi il aime tant faire des tours
de magie ? » demanda Terry, et elle poursuivit
aussitôt sans attendre de réponse : « C'est sa
manière de compenser, tu vois ? Parce qu'il est
infirme.

— De la merde, grogna Tom derrière son magazine.

— Psychologiquement valable. Tu peux demander à n'importe qui. »

Rynn lutta contre un désir fou de s'élancer, de serrer Mario contre elle. Mais elle demanda simplement :

« Les médecins ont dit qu'il allait guérir ?

— Qu'est-ce qu'ils en savent, les cons ? fit la voix derrière les bandes dessinées.

— En ce moment, déclara la petite fille, il est bourré d'antibiotiques.

— De la drogue », dit le garçon.

Rynn était sûre que si ces deux sales gosses s'en allaient, si elle pouvait rester seule avec Mario, elle le réchaufferait, elle ferait disparaître cette pâleur mortelle et ramènerait des couleurs sur sa peau mate tiède.

A regret, Terry posa la boîte dorée sur une table.

« Tu dois penser que mon frère est pas tellement marrant à visiter, vu qu'il roupille tout le temps et tout. »

Rynn haussa les épaules, les mains enfoncées dans les poches, impuissante, refoulant ses larmes.

Dans le crépuscule, au-dehors, les réverbères s'allumèrent. Un avertisseur de voiture la fit sursauter.

« Nous, dit Terry, on est simplement là pour attendre maman. Elle est en retard. »

276

Rynn frémit. La mère de Mario. Ici ? De nouvelles questions... Ils risquaient même de lui proposer de la reconduire... Elle lutta contre la panique.

Tom referma son magazine et bâilla.

« Tu peux aller auprès de lui, tu sais. Il est pas contagieux ni rien. Mais ils l'ont bourré de tout un tas de drogue et aussi bien il se retrouvera camé avant de sortir d'ici. »

En riant de son trait d'humour noir, Tom se leva.

« Vas-y donc. Réveille-le si tu peux. Ça lui fera du bien, probable. Tu veux que je ferme ce truc-là ? » demanda-t-il en tirant sur la cloison de plastique.

Rynn le regarda à travers ses larmes. Son sourire lui rappelait celui de Mario. Il tirait l'accordéon de plastique, refermant autour d'elle le coin de la pièce, tandis qu'elle restait immobile au pied du lit.

Une fois seule, Rynn courut à l'oreiller.

« Mario ? »

Quand le masque resta figé elle pleura, cédant enfin au sentiment de totale impuissance qu'elle avait éprouvé dès l'instant où elle avait vu ce visage blême. « Je t'aime », murmura-t-elle comme pour elle-même.

L'amour n'avait jamais figuré dans les plans que son père et elle avaient si soigneusement mis au point.

L'amour. Dans ce crépuscule glacé de novembre elle se sentait incapable de continuer ainsi toute seule, sans Mario. Elle ne pourrait pas faire tout ce qu'elle avait à faire. Si elle ne l'avait jamais connu, sans doute aurait-elle pu poursuivre, mais plus maintenant...

A présent, la chose la plus importante du monde était de faire émerger Mario de ce masque gris.

« Survis », avait dit son père. Mais comment pourrait-elle l'aider ?

Elle se dit que si elle devait survivre, il lui faudrait se calmer, essayer de réfléchir. Jusque-là, le frère et la sœur de Mario la prenaient pour une simple camarade. D'un instant à l'autre, une femme pouvait venir déplier la cloison. La mère de Mario surgirait. Elle poserait toutes les questions auxquelles il était impossible de répondre.

Rynn embrassa Mario.

« Je t'aime », souffla-t-elle.

Puis elle écarta la cloison et s'enfuit.

XIX

LES lumières de la ville scintillaient dans le soir. Rynn marchait au hasard, sachant seulement qu'elle ne pourrait supporter de rentrer dans la maison froide et sombre où la figure grise de Mario la hanterait, dans toutes les pièces. Pas encore. Elle chercha à se perdre dans la foule pressée, dans la chaleur des lumières.

Dans un snack-bar en tous points semblable aux innombrables relais de verre et de plastique que son père et elle avaient vus le long des routes américaines, elle grimpa sur un tabouret de vinyle et s'efforça de lire un menu recouvert de cellophane luisante sur lequel s'étalaient des dizaines de hamburgers en technicolor. Une serveuse guère plus âgée qu'elle, en uniforme couleur de potiron et petit tablier blanc, prit sa commande, et plus rapidement qu'elle ne l'aurait pensé un velouté de tomate trop rouge et quatre biscuits salés sous cellophane glissèrent sur le comptoir. Un croque-monsieur décoré d'un cornichon, d'un bout de laitue et d'un quartier de tomate suivit aussitôt.

Rynn cligna des yeux pour refouler ses larmes. La figure grise de Mario emplissait son univers.

Autour d'elle, dans la lumière crue des rampes fluorescentes, les voix semblaient assourdissantes. La salle était pleine de jeunes mères, de pères gavant des enfants turbulents de hamburgers et de frites disparaissant sous des montagnes de ketchup.

Rynn avala péniblement quelques cuillerées de potage, un biscuit, et le cornichon.

Comme en transes, elle réussit malgré tout à régler son addition et à sortir. Elle se remit à marcher. Les lumières étaient vives mais ne la réchauffaient pas et bientôt elle eut froid et avança en grelottant, les mains enfoncées dans ses poches. Combien de temps marcha-t-elle ainsi ? Une heure ? Une demi-heure ? Quelques magasins étaient ouverts, déversant sur le trottoir leurs lumières, scintillant des premiers décors de Noël, et ce fut seulement en se retrouvant devant une librairie qu'elle comprit ce qu'elle avait instinctivement cherché. La porte du magasin était verrouillée.

Dans la vitrine sombre, Rynn ne vit pas son reflet familier, en jean et duffle-coat, mais la figure grise et silencieuse de Mario. Elle se détourna.

Un peu plus loin, la marquise d'un cinéma faisait clignoter de grandes lettres blanches. Rynn, qui n'était jamais allée seule au cinéma, céda à une impulsion et entra, en tirant deux dollars de son portefeuille.

La jeune femme enfermée dans sa cage de verre secoua la tête. La petite fille n'avait pas le droit d'entrer. Est-ce qu'à treize ans on vous interdisait le cinéma ?

La caissière frappa à sa vitre pour attirer l'attention de Rynn sur un petit écriteau. Le film était interdit aux moins de dix-huit ans, même accompagnés de leurs parents.

Devant une autre salle, tout aussi illuminée, le nom de Walt Disney encouragea Rynn. Bien qu'elle n'appréciât guère ce qu'elle considérait comme de la fausse poésie, elle se dit qu'au moins là on la laisserait entrer.

A la caisse un homme décharné au nez chaussé de lunettes scintillantes sans monture lui demanda une carte scolaire, provoquant chez Rynn une nouvelle terreur qui s'évapora quand le caissier lui expliqua qu'avec une telle carte elle aurait droit à un rabais. Elle acheta la carte et un billet, et se trouva bientôt dans la pénombre chaude qui sentait le pop-corn. Elle se laissa tomber dans un fauteuil et permit aux couleurs vives et à la musique de la submerger.

Mais ni les sons ni la couleur ne pouvaient

faire disparaître la figure grise de Mario. Comme dans le snack-bar elle se sentait engourdie, sourde à tout ce qui l'entourait. Les images changeantes et les sons se mêlaient, incompréhensibles. Le film se termina et l'éclairage indirect révéla une cinquantaine de spectateurs qui attendaient la suite, en écoutant vaguement un enregistrement de Mantovani. Quelques enfants bruyants couraient dans les travées, éparpillant leur pop-corn ou suçant des esquimaux.

Un autre film commença, avec un chien, des coups de feu, des enfants qui hurlaient.

Songeant à Mario, elle pleura.

La salle se ralluma et Rynn s'essuya précipitamment les yeux, tandis qu'une dizaine de personnes remontaient les travées, en enfilant de gros manteaux, en prenant soin de ne pas laisser tomber leurs écharpes ou leurs moufles.

Au début, tandis qu'elle attendait à l'arrêt de l'autobus, le froid de la nuit ne lui parut pas trop vif. Mais quand la marquise s'éteignit, quand la rue s'obscurcit et que les derniers spectateurs l'eurent laissée seule sur le trottoir, le vent glacé pénétra son duffle-coat et son jean, la forçant à se rencogner contre le mur pour échapper à la brise aigre.

Elle tendait le cou vers la chaussée déserte en se demandant si l'autobus passerait jamais quand une voiture ralentit et s'arrêta près d'elle. Elle recula ; les vitres des portières s'abaissèrent et des garçons pâles, couverts de boutons, l'appelèrent en riant, en sifflant. L'un deux lui tendit une cigarette. Un autre fit un bruit de baiser mouillé particulièrement répugnant.

« T'as raté le dernier bus ! Viens donc, monte, on te tiendra chaud ! »

Des rires gras fusèrent.

Tournant le dos à la voiture Rynn colla son nez à la vitrine obscure d'un magasin de matériel photographique, où les yeux sombres des objectifs semblaient la dévisager. La voiture immobile se reflétait dans la vitre ; son cœur s'arrêta quand elle vit s'ouvrir une portière et descendre un garçon en blouson de cuir et blue-jean constellé d'étoiles métalliques.

Le garçon passa une main dans ses cheveux longs et traversa le trottoir d'une démarche chaloupée.

Rynn regarda fébrilement à droite et à gauche. Rien ne bougeait dans la nuit.

Un second gamin s'approcha, en faisant ce bruit de baiser, traversant en biais pour lui barrer la route.

Prise de panique, Rynn les vit converger sur elle, reflétés par la vitrine. Trop tard pour s'enfuir. Elle se réfugia dans l'embrasure de la porte.

Maintenant les deux garçons avançaient les lèvres, émettaient ce même bruit répugnant. Mais soudain un de leurs copains poussa un cri.

Ils s'arrêtèrent, tournèrent les talons et sautèrent dans la voiture qui démarra en trombe.

Une voiture pie de la police stoppa le long du trottoir.

Un des agents assis à l'avant frappa à la vitre et fit signe à Rynn de s'approcher.

Quand la vitre s'abaissa, Rynn vit la lourde mâchoire inférieure de l'homme, qui mâchait du chewing-gum.

« Vous habitez ici en ville ? » demanda-t-il d'une voix étonnamment douce.

Elle secoua la tête.

« Non, ajouta-t-elle en espérant que ce seul mot leur suffirait.

— Où habitez-vous ? »

Rynn se dit qu'elle devait réfléchir. Ce n'était pas le moment de répondre n'importe quoi.

« Eh bien, je suis ici en visite, j'habite l'Angleterre.

— Et en Angleterre on laisse les petites filles se promener toutes seules en pleine nuit ?

Les yeux de l'agent étaient à la même hauteur que ceux de Rynn, et sa mâchoire remuait posément.

« Non. Voilà ce qui s'est passé. J'étais avec ma cousine au cinéma, un film de Walt Disney, vous savez ? Et alors elle a rencontré un de ses copains, alors je n'ai pas voulu les embêter, vous comprenez ? »

Le flic tendit le bras par-dessus le dossier et ouvrit la porte arrière.

284

« Avant d'attraper la mort, montez donc. Nous allons vous raccompagner. »

Elle s'avança.

« Vous êtes vraiment très gentils. Je vous remercie... »

Elle allait monter dans la voiture quand elle se ravisa brusquement, et regarda l'agent.

« Vous allez trouver ça bizarre, mais je ne connais pas l'adresse et je ne sais vraiment pas si je saurai vous indiquer le chemin. Nous prenons toujours une voiture. Ou l'autobus... Je suis navrée, mais tout ce que je sais, c'est l'endroit où je dois descendre de l'autobus. »

L'agent la regarda. Sa figure inexpressive n'indiquait rien et elle ne put savoir s'il la croyait ou non.

« Je suppose, dit-elle, que je dois vous paraître bien sotte...

— Vous habitez loin de l'arrêt d'autobus ?

— Oh ! non, à deux pas. »

L'homme mâchonnait toujours. Il se tourna vers son collègue, un jeune homme pâle aux cheveux ras et au cou décharné.

« Quand est-ce qu'il passe, le prochain bus ?

— Dans deux, trois minutes. »

Il se retourna vers Rynn.

« Montez toujours. Vous pourrez attendre avec nous. »

Pendant trois minutes, jusqu'à ce que les agents fassent signe à l'autobus, Rynn bavarda gaiement avec eux, accepta une plaquette de chewing-gum Doublemint, leur raconta qu'elle était enchantée de son séjour aux Etats-Unis pendant ses vacances scolaires.

Dans l'autobus, quand elle glissa sa pièce dans la fente, le conducteur, un Noir moustachu à la coiffure « afro », tourna vers elle ses lunettes noires et observa :

« Plutôt tard, non ? »

Sans lui répondre, Rynn s'éloigna le plus possible de lui et alla s'asseoir sur la longue banquette du fond. L'autobus était vide. Elle ne voyait pas les yeux du conducteur dans le rétroviseur, ils étaient cachés par les lunettes noires, mais elle était sûre qu'il l'observait. Des idées, peut-être ? Mais elle ne pouvait plus négliger le moindre instinct, la moindre perception.

« Plutôt tard, non ? » Sa voix douce et grave résonnait dans sa tête comme ses disques de linguaphone. « Plutôt tard, non ? » Bien sûr qu'il était tard ! Terriblement tard, et si elle avait pu trouver un moyen de ne pas rentrer ce soir à la maison au bout du sentier, si elle avait pu éviter de courir dans le chemin obscur tourbillonnant de feuilles mortes, de se retrouver dans la solitude de la maison perdue, elle ne serait pas seule dans cet autobus, les mains glacées, les jambes flageolantes, hantée par un vide atroce.

Rynn serra contre elle son duffle-coat mais continua de frissonner sur la banquette de plastique, sous la lumière crue du véhicule fonçant dans la nuit.

Maintenant, tout l'effrayait.

Les lunettes noires du conducteur dans le rétroviseur. Oui, il la regardait.

« Où vous descendez ?

— Encore deux arrêts. »

Elle se leva et marcha lentement vers l'avant, en minutant sa progression suivant l'allure du bus, en s'arrangeant pour atteindre la portière à l'instant où apparaîtrait son point de repère, la maison avec le cerf de fer sur la pelouse.

« Plutôt tard, répéta le conducteur en ralentissant son véhicule sur le gravier du bas-côté. Ouais, plutôt tard. »

Maintenant que Rynn allait descendre, à présent qu'elle savait que cette conversation ne durerait pas, elle retrouva un peu d'audace.

« Qu'est-ce que ça veut dire ?

— Ça veut dire, ma petite demoiselle, qu'il est plutôt tard. »

La portière se replia en claquant.

« Petite fille !

— Mmm ?

— Vous allez encore loin, à pied ?

— Je ne risque rien.

— Je veux bien. Alors bonne nuit, bonne nuit. »

La portière se referma bruyamment et les énormes pneus crissèrent sur le gravier. L'autobus s'éloigna en grondant, les deux feux rouges diminuèrent et disparurent sur la route.

Rynn remonta son manteau autour de ses

oreilles et, les mains dans les poches, courut dans la rue vers l'océan. Le tapis de feuilles spongieuses donnait à ses pas une élasticité nouvelle et elle courut ainsi sans reprendre haleine pendant plus de cinq minutes, bien que l'air glacé lui fît mal à la tête. Elle atteignit le chemin. Les troncs des ormes géants se dressaient, tout noirs, comme les piliers d'une cathédrale gothique, leurs branches nues se rejoignant en voûte mouvante sous le ciel étoilé.

La première fois qu'elle avait vu le sentier, il avait été baigné de la lumière de l'été, d'ombres pommelées, de fleurs éclatantes, du bourdonnement des insectes, du jappement d'un chien.

Des feuilles s'envolèrent autour d'elle dans le noir.

Au-dessus, des branches s'entrechoquèrent.

La nuit, présence vivante, était constamment en mouvement, emplie de soupirs, de gémissements, Elle se demanda si elle aussi cherchait à se réchauffer.

Elle se força à courir devant la maison de ses plus proches voisins, ceux qui étaient partis passer leur hiver en Floride. La demeure était obscure, les vitres luisantes et froides reflétaient la nuit.

Jamais encore le sentier ne lui avait paru terrifiant.

Si elle courait, se dit-elle, elle serait chez elle dans quelques minutes. Elle faillit s'arrêter. Elle chassa une feuille mouillée de sa joue. C'était vrai, elle était presque à la maison, et cette pensée la fit trembler. Elle glisserait sa clef dans la serrure, elle pousserait la porte, elle traverserait le vestibule pour entrer dans le salon qu'aucun feu ne réchauffait, la pièce lui paraîtrait plus froide que la nuit. Il n'y aurait rien, personne pour l'attendre.

Elle secoua la tête et courut de plus belle, cheveux au vent. Il ne fallait pas y penser. Cette maison était son seul refuge sur la terre. Soudain, comme si c'était un signe étincelant et rassurant, elle distingua le projecteur. A travers les arbres la lumière brillait, vive, claire. Son cœur bondit de joie et de soulagement. Dieu soit loué, Dieu soit loué, elle avait pensé à l'allumer avant de partir. C'était *sa* maison, c'était là qu'elle habitait !

Elle se précipita dans le jardin, éparpillant sous ses pas les feuilles mortes. D'un geste vif elle donna un tour de clef, poussa la porte, chercha les interrupteurs. Sous ses doigts, toutes les lumières du vestibule et du salon jaillirent. Elle claqua la porte et poussa les verrous sur la nuit.

Le salon, malgré la clarté, lui parut vide et glacé. Elle se précipita vers la cheminée pleine de cendres grises et froides. Trop tard pour faire une flambée, pensa-t-elle. Sa main tâtonna sur la cheminée, prit le livre de poèmes de son père, qu'elle emporta jusqu'au canapé où elle se laissa tomber.

Là, dans son unique refuge, elle frissonna.

La peur refusait de la quitter.

Elle se releva, courut à l'escalier où elle alluma les lampes du palier avant d'éteindre au rez-de-chaussée.

Sans un regard pour le salon, elle monta quatre à quatre.

La lumière cascadait de l'escalier dans le vestibule et le salon ; puis la pâle lueur du premier s'éteignit, les ombres bondirent et enveloppèrent la maison. Seuls brillaient encore les rideaux, à la lueur du projecteur. Une ombre passa.

Le projecteur s'éteignit brusquement.

XX

SANS feu pétillant, sans Gordon grattant le
grillage de sa petite cage, rien ne vivait dans le
salon glacé, rien ne bougeait. La maison était
aussi noire qu'une silhouette, aussi sombre et
vide que celle des voisins, à part la petite fille
dormant au premier. Le vent fit grincer une
branche d'érable sur le toit. Au loin dans la nuit,
l'océan mugissait.

Une clef s'insinua dans la serrure, que n'entendit pas la petite fille, sans faire plus de bruit
qu'une feuille morte chassée par le vent contre
une vitre.

La porte s'ouvrit silencieusement et l'éclat
blanc d'une lampe de poche troua l'obscurité du
vestibule. Une ombre se glissa à l'intérieur, à
peine plus sombre que le ciel, referma la porte
sans bruit et poussa le verrou.

Le faisceau de lumière pivota vers le salon,

frappa la table ancienne et le tapis tressé. Dans les ténèbres, l'ombre avança dans la pièce et, silencieusement, déplaça la table. Le tapis fut rejeté de côté, découvrant la trappe ; la lumière se braqua sur le loquet. Une main apparut, qui tira le verrou. Les charnières grincèrent mais ce bruit ne risquait pas plus de réveiller la petite fille endormie que le grattement de la branche d'arbre sur le toit.

La torche illuminant les marches de la cave se redressa brusquement pour se braquer sur le comptoir de la cuisine. Le téléphone apparut dans le cercle blanc.

La silhouette s'approcha, saisit l'appareil, le porta jusqu'au bout de son long fil vers la trappe, et descendit, le pinceau de lumière projetant sa clarté devant elle.

Le salon, de nouveau plongé dans l'ombre, semblait s'animer à la lueur reflétée d'en bas. Un bruit de pas, des grattements, couverts par le vent, seraient passés inaperçus sans le fil du téléphone, qui s'enroula et se coinça autour de la trappe, la rabattant brusquement avec un claquement sourd.

La trappe se souleva, la lumière monta, balaya la pièce déserte. Une main dégagea le fil, silencieusement, la trappe s'abaissa, étouffant toute lumière.

Au premier, une lampe s'alluma. Sa lueur se déversa dans l'escalier où Rynn se tenait, pieds nus, en chemise de nuit.

292

Elle cligna des yeux dans le noir. Son cœur battait bien qu'elle se répétât que ce n'était que le vent qu'elle avait entendu. Une branche morte tombant sur le toit, peut-être. Sûrement. Ou peut-être avait-elle oublié de verrouiller la porte d'entrée et le vent l'avait ouverte.

Mais elle savait qu'elle l'avait bien fermée. Un tableau avait pu tomber du mur. Le coffre à bois ! L'avait-elle laissé ouvert ? Mais le couvercle du coffre faisait un bruit différent. Celui-ci avait été plus sourd. Elle chassa l'idée que lui inspirait sa terreur. *Ce bruit.* Jamais elle ne pourrait oublier la première fois qu'elle avait entendu ce bruit.

A pas de loup, elle courut dans l'escalier et alluma dans le vestibule.

Tout était en ordre.

Elle redoutait de regarder dans le salon.

Oui, voilà. La seule chose au monde qu'elle redoutait. La table avait été déplacée. Le tapis tressé était roulé en boule. Elle regarda la trappe.

Ses idées tourbillonnaient. Si elle pouvait vaincre la paralysie, la panique, si elle parvenait à faire obéir ses jambes flageolantes, si elle pouvait atteindre la trappe, elle pourrait claquer le verrou... Prendre au piège quiconque se trouvait là. *Alors,* elle aurait le temps de prendre des dispositions, de réfléchir. Alors, elle pourrait découvrir qui était là...

Si elle parvenait à bouger.

Elle lutta contre la terreur qui la pétrifiait. Elle combattit en faisant appel à toute sa volonté.

Survivre!

Enfin elle rompit le charme maléfique et fit un premier pas. Un deuxième suivit. Trop tard. Les charnières grincèrent quand les planches cirées de la trappe commencèrent à se soulever.

Elle se figea sur place. La maison s'emplit de ses cris.

La trappe se souleva complètement mais aucun visage n'apparut. Pas même une main. Qu'est-ce qui la poussait? Un bâton? Une canne. Une canne noire. Quand la trappe fut perpendiculaire un chapeau haut de forme surgit, puis une cape noire, un pan sur un bras plié cachant la figure.

« *Mario!* »

Soudain délivrée, soudain capable de bouger, Rynn s'élança, pieds nus sur le plancher glacé.

« Méchant! Tu n'étais pas malade! Ton oncle, ton frère et ta sœur t'ont aidé à me faire marcher, à me faire croire que tu étais à l'hôpital! Et un maquillage gris, aussi? bredouillat-elle, les joues ruisselantes de larmes de soulagement. Tant de mal pour faire un nouveau numéro de magie! »

Elle éclata de rire, un rire un peu hystérique mais délivré de toute terreur.

« Dieu, que tu m'as fait peur ! »

Ses épaules étaient secouées par un rire silencieux. Elle chancela vers la cape noire montant de la cave, folle de joie, délivrée. Près de la table elle s'arrêta, respira profondément. Elle aussi pouvait jouer à ce jeu. Elle pouvait faire aussi son numéro. Avec toute la rage froide dont elle était capable, elle cria :

« Espèce de foutu salaud ! »

Mais, incapable de contenir sa joie, elle éclata de rire et s'élança de nouveau.

Dans l'attitude follement théâtrale qu'inspirent les capes et les cannes, la silhouette attendit que la petite fille se jette dans ses bras avant de se découvrir.

Elle ne vit pas la petite figure pointue de Mario, ses yeux pétillants et son sourire ensoleillé, mais la face mafflue et rougeaude, et l'épais sourire de Frank Hallet.

L'homme pouffa.

« Espèce de foutu salaud... »

Une main de pécari arracha la trappe du mur et la laissa retomber avec un bruit sourd. L'autre main tenait le téléphone.

Tremblante, la petite fille parvint à lancer un ordre :

« Sortez ! »

Hallet poussa vers elle le téléphone.

« Appelez la police. »

Son large sourire fendait sa figure congestionnée. Il décrocha, tendit le combiné, puis il hocha la tête, feignant la surprise. Non ? Vous ne voulez pas téléphoner ? semblait-il dire.

« Pourquoi n'appelez-vous pas votre père ? »

Dans un envol de cape il passa devant Rynn et alla poser le téléphone sur le comptoir de la cuisine. Il jeta un coup d'œil dans la petite pièce.

« Vous êtes Anglaise et vous ne m'offrez pas la traditionnelle tasse de thé ?

— Si vous partez immédiatement, murmura Rynn, je vous promets de ne rien dire à personne. »

Hallet fit des effets de cape, jouissant de toutes ses possibilités comme si une séance de théâtre amateur lui apportait l'occasion de déployer une nouvelle personnalité. Il rejeta un pan sur son épaule, et de l'autre main il frappa le plancher de sa canne.

« Si je me suis déguisé ainsi, c'est au cas où ce gros cul de Miglioriti passerait... il me prendrait tout naturellement pour votre petit ami. Je peux même boiter. Voyez ? »

Il fit quelques pas chancelants.

« L'agent Miglioriti sait que Mario est à l'hôpital.

— Ah !... Une erreur de ma part. Heureusement, personne ne m'a vu.

— Mr. Miglioriti vient de me raccompagner. Il m'a dit qu'il attendait dehors dans la voiture, jusqu'à ce que je lui signale que tout allait bien.

— Plus de mensonges !

— C'est vrai. Il a promis de passer et de surveiller la maison.

— Ce gros cul de Miglioriti est à sa tombola stupide, répliqua Hallet avec irritation en ramassant le bord de la cape pour essuyer sur sa manche une trace blanchâtre. La poussière de la cave. Mais pas seulement de la poussière. Qu'est-ce que c'est ? De l'alcali ?... Je ne savais pas trop ce que j'allais trouver en bas. Parce que je ne savais pas ce que je cherchais, dans le fond. Certainement pas ces foutus bocaux. »

D'un geste large, Hallet rejeta les plis de la cape noire et leva une main. Il pinçait entre son pouce et son index un minuscule objet qu'il brandit sous le nez de Rynn.

« Une épingle à cheveux ! »

Il se pencha vers elle, laissant glisser son regard sur ses longs cheveux dorés.

« Mais vous ne portez pas d'épingles à cheveux, n'est-ce pas ?... Hein ?

— Elle doit être là depuis des années, répliqua-t-elle.

— Mais elle serait rouillée, alors. »

Il renifla l'épingle et sourit. Il la tendit à Rynn, et ne parut pas surpris quand elle recula.

« Elle sent encore le parfum que j'ai offert à ma digne mère pour sa fête. Chère maman ! »

Il ouvrit brusquement le poing, révélant un objet plus minuscule encore que l'épingle.

« Et ça ? Un ongle cassé, on dirait ? Rouge vif.

Pas du tout la laque de ma digne mère. Et puis nous avons aussi ces petites mèches de cheveux. A qui ont-ils pu appartenir, diable ? »

Jamais avare n'avait retourné dans sa main son trésor avec autant de fascination, de cupidité, de tendresse.

« C'est tout ce que j'ai pu trouver dans le noir. La police, avec tout son équipement... Dieu sait ce qu'elle pourra découvrir ! »

Comme s'il se séparait à regret de ses trouvailles, Hallet les déposa avec soin dans un cendrier de verre. Puis il frappa des mains, comme pour annoncer le tableau suivant.

« Voulez-vous que nous remettions en place la table et le tapis ? »

Il donna un coup de pied dans le tapis roulé, le rabattit sur la trappe, lissa les plis. Il claqua des doigts et Rynn, docilement, souleva un coin de la table. Avec Hallet elle la porta sur le tapis.

L'homme alla soulever un coin du rideau, à la fenêtre donnant sur la treille obscure.

« Et comment va votre jardin ? »

Rynn plaçait les chandeliers d'étain sur la table, bien alignés.

« Là dehors, reprit-il. On a travaillé la terre.

— Un massif de tulipes, murmura-t-elle.

— Parfait. Ma digne mère adorait les tulipes. »

Il laissa retomber le rideau. Il feignit de penser tout haut, mais Rynn savait qu'il jouait une comédie pour un public attentif — elle-même.

« Je suppose que je devrais faire un effort, mais à vrai dire elle ne me manque pas tellement. Vous devez penser que c'est très mal ? Et avec le temps, je crois qu'elle me manquera de moins en moins... Mais la police semble d'un autre avis... »

Il s'interrompit, sourit et passa sur ses lèvres son tube de pommade grasse. Ses paroles restaient en suspens, comme la buée de son haleine dans l'air froid.

Du bout de l'ongle, Rynn gratta une tache de cire sur la table.

« N'oubliez pas de me rappeler de penser à elle au printemps, quand je me tiendrai à cette même fenêtre, à la saison des tulipes. »

Ici. Au printemps ! Il avait parlé lentement, délibérément, en s'approchant de Rynn qui grattait machinalement des gouttes de cire figée sur la table.

« Mais je ne voudrais surtout pas que vous vous fassiez du souci pour elle. C'est pourquoi je suis venu ce soir. »

Comme Rynn refusait de se tourner vers lui, il la contourna. Elle se détourna.

« Oui, je suis venu à pied. Vous n'allez pas me demander pourquoi je n'ai pas pris la superbe auto de ma noble mère ? »

S'enveloppant dans la cape, il s'approcha de la cheminée. Dans le coffre à bois il prit des vieux journaux qu'il tordit et fourra dans l'âtre. Il ajouta du petit bois, alluma le papier et regarda prendre le feu, la lueur des flammes jouant sur sa figure.

« Ou bien vous ne posez pas la question parce que vous êtes assez intelligente pour comprendre que je ne veux pas la laisser dans le sentier à la vue de tous. C'est ça ? »

Il leva les yeux tandis que les flammes montaient et enveloppaient le petit bois.

« Au fait, je vous remercie d'avoir reconduit la voiture à l'agence. »

La petite fille restait devant la table, immobile, silencieuse.

« Rynn ?

— Je ne comprends pas ce que vous voulez dire.

— Je veux dire que vous êtes brillante. D'une rare intelligence. Mais vous avez commis une erreur. Je veux parler de ce fameux samedi, quand elle a conduit l'objet de sa fierté, sa Bentley rouge sombre, ici pour venir chercher les non moins célèbres bocaux à confitures. Elle n'est jamais rentrée à la maison. Mais la voiture est revenue, elle.

— Ce samedi, elle n'est jamais venue.

— Allons, faites attention, ne dites pas n'importe quoi.

— *Elle n'est pas venue !*

— Ma chère enfant, je vous conseille de vous asseoir. »

Rynn ne bougea pas. Hallet claqua des doigts en indiquant le canapé. Il la regarda obéir, s'asseoir, la figure illuminée par le feu de bois.

« Elle est venue, je le sais. Je l'ai accompagnée. »

Dans le silence, elle l'entendit respirer.

« Vous comprenez maintenant pourquoi vous ne devez pas parler sans réfléchir ?

— Elle n'est pas venue.

— Vous devenez lassante. Ce samedi, je voulais venir vous voir, moi aussi. Quand nous avons quitté le bureau, j'ai menti. J'ai raconté à ma noble mère que je voulais voir vos voisins avant leur départ pour la Floride. En arrivant dans le sentier, elle a compris pourquoi j'avais tenu à l'accompagner. Elle savait ce que je voulais. Nous nous sommes garés là, devant votre maison, et nous nous sommes disputés comme des chiffonniers. Elle m'a interdit de revenir ici. Elle m'a dit qu'elle allait parler à votre père. Seule. A mon sujet probablement. Vous me trouvez peut-être terriblement paranoïaque, de penser ça ? Mais c'est vrai. Enfin, peu importe maintenant. J'ai attendu son départ. J'ai attendu longtemps. Sous la pluie, souvenez-vous. Je vous ai vue quitter la maison et revenir. J'ai vu le petit magicien boiteux arriver à vélo et repartir de même. J'étais trempé, alors je suis rentré à pied, laissant sa voiture là.

— Rien de tout cela n'est vrai.

— Vous n'en saurez jamais rien, n'est-ce pas ? Si vous posez la question à ce gros cul de Ron Miglioriti, vous apprendrez que la police a laissé la Bentley, dont j'étais le seul à croire à la mystérieuse réapparition, devant le bureau toute la journée de dimanche. Verrouillée. Comme une chambre forte. Comme ma chère mère avait l'unique jeu de clefs, je ne pouvais pas ouvrir les portières. Le lundi, une dépanneuse l'a remorquée jusqu'au garage de Podesta. Vous qui êtes si intelligente, dites-moi un peu. Comment ai-je fait pour ouvrir la voiture et mettre le moteur en marche sans avoir les clefs ?

— Elle vous les a données.

— Non, non, non, dit-il impatiemment. Je vous le répète, je ne l'ai plus revue. D'ailleurs, elle ne me permettait pas de toucher à sa précieuse bagnole !

— Il y avait un double des clefs ?

— Alors que ma noble mère refusait de me laisser conduire sa voiture, ella aurait laissé traîner un autre trousseau ? Allons donc ! Non. Alors ? Hein ? Comment ai-je fait pour ouvrir les portes ? »

Il claqua les doigts, en indiquant le coffret à Rynn.

« Vous avez fait venir un serrurier ?

— Voilà !

— Donc votre mère a toujours son trousseau de clefs.

302

— Vous dites qu'elle est revenue au bureau ?

— Oui.

— Et sinon elle, qui ? Eh bien, puisque vous êtes une petite fille aussi extraordinaire, rien ne m'empêchait de penser que c'était vous. Vous semblez être capable des choses les plus remarquables, déclara-t-il en réprimant un petit rire. Après avoir ouvert les portes, j'ai tout passé au peigne fin. Sherlock Holmes. Ellery Queen. Maigret. Qui vous voudrez. Mais je n'ai rien trouvé qui me prouve qu'une petite fille de quatorze ans — ou treize ? — avait conduit cette voiture. Alors j'ai tout examiné à nouveau. Vous savez ce que j'ai découvert ? Sur le cuir matelassé de la portière, des marques rondes. Dieu bénisse le vrai cuir. Le plastique n'aurait pas conservé ces empreintes. Des marques rondes, faites par quoi ? Par le bout d'une canne avec laquelle quelqu'un se serait aidé, pour monter dans la voiture ou pour y trimbaler quelque chose ? Et sur le siège arrière ? Un objet quelconque avait éraflé le précieux cuir de cette chère maman. Quelque chose de trop volumineux pour tenir dans le coffre arrière ? Et d'autres marques de canne. Pourquoi ? Un soutien ? Des éraflures... faites par une bicyclette par exemple, posée sur le siège arrière ? Des marques rondes quand on l'avait hissée à l'intérieur, quand on l'en avait extraite ? Le petit magicien boiteux ? Qui se livrait à un de ses petits tours ? »

Le feu pétillait.

« Ça c'était le samedi. Malheureusement, je n'ai pas pu pénétrer dans la voiture avant mardi. Qu'est-ce qu'il a fait ? Il vous a rapporté les clefs samedi soir ? Vous les avez encore ? Suspendues à une chaîne, à votre joli petit cou ? »

Hallet prit le tisonnier et agaça le feu. Il remit une bûche en place.

« Naturellement, tout ça ne me disait pas où était ma chère mère. Il me restait encore à le découvrir. Je suis revenu ici, souvent, toujours à pied. Ah ! ces longues marches pénibles dans les feuilles d'automne et sous la pluie, rien que pour vous voir... »

Il soupira, se leva et frappa ses mains couvertes de suie. Avec une élégance exagérée, il s'enroula dans la cape et alla s'installer dans le fauteuil à bascule.

« Nous avons encore quelques détails à mettre au point. Non ! Ne me dites rien ! Ça m'amuse tant de jouer au détective ! »

Il claqua les doigts, en indiquant le coffret à cigarettes. Rynn lui apporta le paquet de gauloises. Il prit une cigarette et attendit. Elle craqua une allumette, lui donna du feu. En aspirant profondément, il se carra dans le fauteuil et se mit à se balancer, lentement.

« Pour quatorze ans, à moins que ce soit treize, vous êtes vraiment sensationnelle. Imaginative. Pleine de ressources. Posée. Futée. Mais tôt ou tard nous découvrons tous qu'il existe

dans ce monde d'autres personnes brillantes.
C'est ainsi que l'on devient adulte, je suppose.
Oui, c'est triste de ne plus être le nombril du
monde, n'est-ce pas ? »

La fumée tournoya devant la figure rose de
Hallet.

« Je sais, voyez-vous, que vous avez réglé son
compte à ma noble mère. A cause, peut-être, de
ce qu'elle a vu dans la cave... Mais nous aurons
tout le temps d'en parler durant nos longues
soirées d'hiver. »

Il avança la main et prit le paquet de cigarettes que la petite fille tenait encore.

« Excusez-moi. Vous fumez ? Non. »

Il tira une bouffée de sa cigarette, d'un geste
théâtral.

« N'ayez pas l'air aussi solennel. Je vous le
répète, je ne vous en veux pas de m'avoir
débarrassé de cette chère maman. Un don du
Ciel. Vous m'avez épargné bien des ennuis. Je la
haïssais. Je rêvais que la foudre lui tombe
dessus... qu'une salade de crabe à son club de
bonnes femmes l'empoisonne... qu'un accident,
une collision en chaîne sur l'autoroute écrase
cette Bentley couleur de foie comme un canard
au sang, répandant son sang bleu dans tous
les azimuts. Mais non. D'année en année, elle
semblait s'épanouir, prendre des forces.
L'âge n'avait pas de prise sur cette femme.
J'avais fini par désespérer de la voir un jour
mourir. »

Il sourit, en se balançant machinalement comme un mannequin.

« Par conséquent, je vous remercie. »

Le téléphone sonna brusquement. Sans cesser de sourire l'homme automate leva une main mécanique, lui ordonna de répondre.

« Allô ? Ah ! c'est vous, Mr. Miglioriti. Je suis si heureuse de vous entendre ! »

Hallet se balançait, posément, le sourire fixe, luisant de pommade.

« Oui, tout le monde m'a dit que Mario allait mieux mais... Oui ?... Oui... C'est vrai ? Dieu soit loué !... Je veux dire, si c'est ce que le médecin a dit à sa famille, alors je suppose que je n'ai plus à m'inquiéter... Moi ? Ça va très bien. Très bien. J'ai pris l'autobus, comme vous l'avez dit... Comment ?... Non, écoutez, si ce sont de mauvaises nouvelles, ce n'est peut-être pas le moment. »

Elle tourna le dos à l'homme assis dans le fauteuil à bascule. Le fauteuil interrompit son mouvement, le grincement se tut.

« Oui, dit-elle au téléphone. Je vois. C'est toujours comme ça, hein ?... Non, pas maintenant. Je veux dire, je ne voudrais pas vous déranger... Non, sincèrement, ce n'est pas la peine. Merci d'avoir appelé. »

Elle raccrocha.

L'homme assis devant le feu souffla un long jet de fumée bleue.

« Règle numéro un, dit-il. Pas de secrets. De mauvaises nouvelles ?

— J'ai gagné cette horrible dinde de Thanks-giving.

— Et vous lui avez dit de ne pas vous l'appor-ter. Très sensé. »

Machinalement, Hallet recommença de se balancer.

XXI

« DEMAIN, je passerai au poste de police et j'irai chercher votre dinde, dit Hallet, secoué d'un rire asthmatique presque silencieux. Quand j'irai faire vos adieux à ce gros cul de Miglioriti. »

Il observait attentivement Rynn.

« Le gros cul nous quitte, il part pour la Californie », ajouta-t-il.

Hallet, hochant la tête suivant le balancement du fauteuil, continua d'observer Rynn. Mais elle n'eut aucune réaction.

« Un Rital et un flic de moins, pas vrai ? »

Son rire fusa, gras, épais. Une bouffée de cigarette le calma enfin.

« Quant au petit magicien, quand il sortira de l'hôpital nous vous laisserons le soin de l'avertir. Ce sera à vous de lui dire de ne plus jamais remettre les pieds ici. »

Rynn, les bras croisés sur sa chemise de nuit, se frotta les coudes en reculant.

« Où allez-vous comme ça ?

— Vous m'avez réclamé une tasse de thé.

— La solution anglaise à tous les problèmes, pas vrai ? Une bonne tasse de thé. Mais d'abord, de la musique. Et puis éteignez un peu toutes ces lumières. »

Liszt envahit la maison.

Trônant dans le fauteuil à bascule, Hallet savourait la cérémonie qu'il avait organisée, fumait avec une lenteur délibérée comme si le monde attendait son prochain décret impérial.

« Vous m'avez bien plu, au téléphone. On voit que vous apprenez vite. A part, dit-il en tournant son cou gras pour regarder du côté de la cuisine, à part cette petite erreur au sujet de la voiture, vous êtes... brillante. Mieux que ça, même. Astucieuse. Habile. Une survivante. »

« *Survis !* »

La petite fille remplissait la bouilloire d'eau chaude, au robinet. Elle répondit sans se retourner.

« Mon père dit que l'intelligence est la faculté d'envisager rapidement la réalité.

— Vraiment ? Tout comme le célèbre philosophe américain George Santayana. Et malheureusement pour votre père, Santayana l'a dit le premier. »

Hallet écouta Rynn aller et venir dans la cuisine.

310

« A Harvard, j'ai étudié la philosophie, jusqu'à ce que je sois renvoyé. Vous allez me trouver plein de surprises, vous verrez ! »

Hallet se leva, ouvrit le coffre à bois et y prit une grosse bûche.

« Rien ne s'oppose à ce que vous continuiez de vivre comme par le passé. Seulement désormais nous serons amis vous et moi. Rien que nous deux. Comment dit-on dans la chanson ? Thé pour deux, vous savez ? « Buvant du thé sur mes genoux, avec du cake et des petits gâteaux secs », chantonna-t-il. Ma chère mère adorait cette chanson. »

Il se pencha et jeta la bûche dans le feu.

« Mario, murmura Rynn.

— Quoi ?

— Il sait.

— Il sait quoi ?

— Ce qui s'est passé.

— Comme je disais, ce sera à vous de nous débarrasser de lui.

— Ce ne sera peut-être pas si facile.

— Il va peut-être mourir.

— Le médecin dit que non. »

Hallet retourna au fauteuil.

« Alors vous devrez simplement faire appel à votre petit esprit brillant pour trouver un moyen de lui faire comprendre que vous ne voulez plus de lui. Et le laisser partir sur ses petites jambes déformées.

— Des petits gâteaux ?

« — Pardon ?

— Vous voulez des petits gâteaux ?

— Naturellement. Seulement ici chez nous, nous les appelons des biscuits. »

La bouilloire siffla et gronda sourdement quand elle la souleva de la cuisinière. En remplissant la théière, elle annonça :

« Mario est descendu à la cave.

— Tout le monde s'y retrouve, on dirait.

— Comme je disais, il sait.

— Un petit Rital futé, hein ?

— Très.

— Alors il sera assez intelligent pour comprendre qu'il est complice. Vous connaissez ce mot-là ?

— Oui. »

Elle reposa la bouilloire sur le fourneau.

« Et lui, il sait ce que ça veut dire ?

— Sûrement.

— C'est la seule personne qui soit au courant, à part nous ?

— Oui. »

Hallet examinait le paquet de gauloises. En prendrait-il une autre ? En entendant le pas léger de Rynn il renonça à la cigarette et la regarda poser un coin du plateau en équilibre sur le bord de la table basse tandis qu'elle s'agenouillait. Elle ramena sous elle ses pieds nus, écarta le coffret pour faire place aux tasses. Hallet ne fit pas un geste pour l'aider. Il regardait ses cheveux briller à la lueur des flammes.

« Mr. Hallet ?

— Oui, ma chérie ?

— Vous le direz à votre femme ? »

Elle comprenait le risque qu'elle prenait en posant cette question. Si l'homme l'avait violemment giflée à ce moment, elle n'en aurait pas été surprise. Mais Hallet ne bougea pas.

« Ça me regarde », répliqua-t-il, abandonnant son persiflage.

Elle disposa sur la table les tasses et les soucoupes, la théière, l'assiette de biscuits. Hallet tendit une main en pécari rose, ses doigts effleurant les cheveux légers luisant comme de l'or dans le rougeoiement du foyer.

« De beaux cheveux... »

Rynn ne recula pas. Mais elle prit le prétexte d'arranger le service à thé sur la table pour s'écarter imperceptiblement. Si Hallet considéra ce mouvement comme un geste de recul, il n'en dit rien. Il avait tout son temps.

« Le feu a pris, dit-il. Il fait bon, vous ne trouvez pas ? »

Les accents du concerto pour piano tombaient comme une pluie d'argent, quelques notes brillantes et cristallines préparant l'averse de musique et l'orage qui allait éclater.

« Qu'est-ce que nous écoutons là ? demanda-t-il.

— Liszt.

— Ravissant, murmura-t-il sans la quitter des yeux.

313

— Un peu de lait ?

— S'il vous plaît. »

Hallet observa Rynn. Adroitement, elle interrompit le flot de lait d'un mouvement du poignet si net et si précis qu'aucune goutte supplémentaire ne tomba dans la tasse.

« Du sucre ?

— Allez-y. Je vous dirai quand j'en aurai assez. »

Elle jeta les petits cubes de sucre jusqu'à ce qu'un claquement de doigts de Hallet l'arrête.

« Trois ?

— J'espère que vous vous en souviendrez.

— Ce sera facile. J'en prends trois aussi. »

Hallet tapota la table, à l'endroit où il désirait qu'elle plaçât la tasse, à portée de sa main.

Rynn se servit ensuite, ajoutant la même quantité de lait, et trois morceaux de sucre.

« Rien ne vaut une bonne tasse de thé », déclara l'homme.

Ils écoutèrent la musique, sans toucher à leurs tasses.

« Admirable, murmura-t-il.

— Mmmm. »

Au bout de quelques minutes, Hallet rompit le silence.

« Ça ne va pas, ma jolie ?

— Mais si.

— Allons, parlez-moi franchement.

— Je trouve dommage que vous ne buviez pas votre thé bien chaud.

314

— En somme, vous voudriez que je boive ?

— Ce n'est pas ce que j'ai voulu dire.

— Vraiment ?

— Enfin, si, mais...

— Vous ne buvez pas non plus.

— Je vous attends. Vous êtes l'invité. »

L'homme sourit.

« Vous avez mis plus de lait dans le vôtre.

— Vous croyez ?

— A vrai dire, c'est comme ça que je le préfère.

— Tenez... »

La petite fille prit le pot à lait, prête à verser.

« Je préfère que vous me donniez votre tasse », dit-il en la regardant dans les yeux.

Il donna un coup sec sur la table. Sa voix était soudain plus dure.

« Quand je vous parle, regardez-moi ! »

Rynn leva ses yeux verts, mais les détourna aussitôt.

« Je veux *votre* tasse de thé. Nous aurons l'impression de mieux partager, non ? »

Il tendit la main. En soulevant la soucoupe, Rynn fit un effort pour ne pas trembler, pour empêcher la tasse de tinter sur la soucoupe. Hallet poussa la sienne vers elle, sur la table.

« Ne m'attendez pas. Les femmes et les enfants d'abord. »

Rynn prit la tasse.

« Attendez ! »

Elle s'immobilisa.

« En voilà une lady ! s'exclama-t-il en agitant l'auriculaire. Vous ne tenez pas le petit doigt en l'air !

— Ça ne se fait pas, en Angleterre. »

Il l'observa attentivement, attendant qu'elle prenne sa première gorgée. Elle goûta son thé.

« C'est bon ? »

Elle but plus longuement.

« Délicieux. Comme vous dites, rien ne vaut une bonne tasse de thé. »

De l'autre main elle offrit l'assiette et Hallet prit un biscuit. Il mordit dedans. Elle attendit qu'il boive à son tour.

« Excellent. »

Ses lèvres grasses laissèrent un croissant luisant sur le bord de la tasse.

« Un autre petit gâteau ?

— On dit biscuit. Je ne veux pas avoir à vous le répéter. »

Il toussa.

« Ah ! les serviettes. Je crains d'avoir oublié les petites serviettes. Je vais vous en chercher une.

— Ne bougez pas.

— Vous avez assez de lait ?

— C'est parfait, dit-il et il but encore. Vous savez pourquoi j'ai voulu changer de tasse avec vous ?

— Non, répliqua-t-elle, certaine qu'il ne la croyait pas.

— Réfléchissez. »

Son regard appuyé exigeait une réponse.

316

« C'est une devinette ?

— J'ai fait l'échange des tasses pour que vous vous rappeliez bien, une bonne fois pour toutes, que lorsqu'il s'agit de jouer à de petits jeux vous feriez mieux de les laisser à votre petit magicien métèque. »

Il toussa de nouveau, mâchonna un autre biscuit, but du thé.

« Ce thé a un goût d'amandes amères. »

Le bout de la langue de la petite fille effleura sa dent ébréchée, tandis qu'elle mordait dans un nouveau biscuit.

« C'est la frangipane des petits gâteaux. »

Elle mentait, car son propre thé n'avait pas le moindre goût d'amande, en dépit du biscuit.

L'homme vida la tasse qu'elle avait versée pour elle, cette tasse qu'elle avait espéré de tout son cœur lui voir réclamer. Elle le regarda la reposer, vide, sur sa soucoupe.

« Vous devriez voir les reflets du feu dans vos cheveux. C'est de l'or en fusion. »

Par-dessus le rebord de sa tasse, la petite fille regarda l'homme se pencher vers elle.

« De si beaux cheveux... »

La main de Hallet parut flamboyer dans la lueur du feu. Il lui caressa les cheveux. Rynn resta parfaitement immobile.